여성이었고, 흑인이었고, 영웅이었다

히든 피겨스

여성이었고, 흑인이었고, 영웅이었다

히든 피겨스

마고 리 셰털리 글 • 안진희 옮김

노란상상

부모님 마거릿 G. 리와 로버트 B. 리 Ⅲ,

그리고 다른 이들에게 기꺼이 어깨를 내어 주고

그 위에 올라설 수 있게 해 준,

NACA와 NASA의 모든 여성들에게

이 책을 바칩니다.

목차

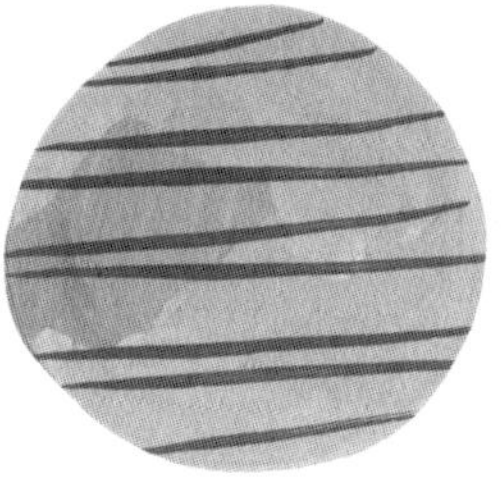

프롤로그

나는 버지니아 주 햄프턴에서 자랐다. 그리고 만약 과학의 신이 있다면 나처럼 갈색 피부일 것이라고 생각했다. 아버지는 미국 항공 우주국NASA에 속한 랭글리 연구 센터에서 일했다. 아버지는 랭글리 연구 센터에서 1964년부터 인턴 공학자로 일했고, 2004년에는 국제적으로 많은 이들에게 인정받는 유명 기후학자로 은퇴했다. 우리 집 바로 옆집에 살던 이웃은 대학에서 물리학을 가르쳤다. 우리 가족이 다니는 교회의 신도들 중 많은 이들이 수학자였다. 그 당시에 나는 과학, 수학, 공학 분야에서 일하는 흑인들을 아주 많이 알고 있었다. 그래서 흑인이라면 당연히 과학이나 수학, 공학과 관련된 일들을 하는 줄 알았다.

아버지는 고등학교 시절, 대학에 진학해서 전기 공학을 전공하고 싶어 했지만 실제로는 다른 길을 걸었다. 할아버지는 아버지가 체육 교사가 되길 바랐다. 공학자라는 직업은 일자리를 찾기 어렵다고 생각했기 때문이었다. 1960년대에는 대학을 졸업한 흑인들 중 대부분이 교사로 취직하거나 우체국에 취직했다. 불과 얼마 전인 1970년대까지만 해도 미국의 공학자 중 오직 1퍼센트만이 흑인이었고 내 아버지도 그들 중 한 명이었다.

나는 랭글리 연구 센터에서 일하는 아버지 덕분에 NASA 가족의 일원이 될 수 있었다. 어렸을 때는 매년 NASA 축제의 이벤트 중 하나인 조랑말 타기를 위해 용돈을 모았다. NASA의 연말 파티에 찾아온 산타에게는 소원 목록을 보여 줬다. 목요일 밤이면 가족들과 함께 텔레비전 앞에 앉아 아빠가 제일 좋아하는 NBA 팀이자, NASA의 농구팀이었던 '스타즈'를 응원했다.

내가 다니던 교회의 선생님은 NASA에서 '컴퓨터'로 일하며 항공 우주 공학자들을 위해 복잡한 수학 문제를 계산했다. 우리 선생님만 컴퓨터인 건 아니었다. 1940년대부터 1970년대까지 흑인을 포함한 수백 명의 여성들이 NASA에서 수학자로 일했다. 나는 어른이 되고 나서야 인종 분리 정책이 시행되던 시절에 미국 남부 지역에서 흑인 여성이 수학자로 일했다는 것이 얼마나 대단한 일인지 알게 됐다.

1935년, 최초의 다섯 여성이 랭글리 항공 연구소에 컴퓨터로 고용됐고 이들은 모두 백인이었다. 그리고 그로부터 10년 후, 수학자로 일하는 여성 컴퓨터들은 수백 명이 되었고 그들 중 많은 이들이 흑인이었다.

이 흑인 여성 컴퓨터들의 헌신적인 공헌은 이제껏 제대로 알려지지 않았다. 하지만 이들은 많은 사람들에게 기억되어야 한다. 조연이 아닌 주인공으로서 말이다. 이 여성들을 기념해야 하는 이유는 이들이 흑인이거나 여성이기 때문이 아니다. 이 여성들이 미국 역사에서 매우 중요한 역할을 해낸 인물들이기 때문이다.

이 책은 그들의 이야기이다.

NASA

시대적 흐름

도로시 본, 메리 잭슨, 캐서린 존슨, 그리고 크리스틴 다든은 수학을 사랑했다. 이들은 어린 시절부터 수학 계산에 특별한 재능이 있었고 대학에서도 수학을 전공했다. 대학을 졸업한 후에는 교사로 일하다가 정부의 항공 우주 프로그램을 위해 '컴퓨터', 즉 수학자로 일하게 됐다.

오랫동안, 수백 명의 여성은 미국 항공 자문 위원회NACA라고 불리는 정부 기관에서 수학자로 일했다. NACA는 항공학을 연구하고 장려하는 곳이었다. 그들 중에서도 특히 도로시 본, 메리 잭슨, 캐서린 존슨, 크리스틴 다든은 뛰어난 재능과 끊임없는 노력으로 남들과는 다른 특별한 능력을 증명했다.

도로시 본은 일종의 개척자였다. 도로시 본은 NACA가 흑인 여성을 컴퓨터로 고용하기 시작한 첫해인 1943년부터 NACA에서 일하기 시작했다. 또한 그녀는 관리직으로 승진한 첫 흑인 여성이었다. 도로시 본은 많은 여성들에게 본보기가 됐고 NACA에 들어온 많은 재능 있는 여성들이 경력을 쌓아 나갈 수 있도록 도왔다.

메리 잭슨은 NACA에서 공학자가 된 최초의 흑인 여성이었다. 메리 잭슨은 투사였다. 그녀는 자신을 비롯한 많은 여성들이 능력을 증명할 기회를 가질 수 있도록 끊임없이 싸웠다. 그녀의 연구는 초음속 항공기가 더 높고 더 빠르게 날 수 있도록 했다.

캐서린 존슨은 지구를 둘러싼 궤도에 최초로 미국인을 보낸 팀의 핵심 일원이었던 흑인 여성이었다. 캐서린 존슨은 몽상가이면서도 이성적이고 독립적으로 사고하는 힘이 뛰어났다. 그녀는 모두가 불가능하다고 여기는 일들을 꿈꿨다. 캐서린 존슨은 인간을 우주로 보냈다가 무사히 지구로 귀환시키는 프로젝트에 필요한 복잡한 수학 계산을 해냈다.

크리스틴 다든은 초음속 비행 분야에서 전 세계적인 선두 전문가가 된 흑인 여성이었다. 크리스틴 다든은 여성 우주 과학자를 대표하는 얼굴이 됐다. 음속 폭음에 대한 그녀의 획기적인 연구는 지금까지도 널리 사용되고 있다.

이 여성들은 각자 놀라운 성취를 이뤘다. 이들의 성취가 더욱 인상 깊은 이유는 일상적으로 인종 차별이 이루어지던, 수학에 재능 있는 여성들은 대부분 수학 교사가 되던 시대에, 인종 차별이 특히 심했던 미국 남부 지역에서 이러한 성취들을 이뤄 냈기 때문이다.

다른 시대

미국 남북 전쟁이 끝난 후 통과된 연방법은 노예 제도를 없애고 흑인들에게 완전한 시민권과 투표권을 보장했다. 하지만 많은 주와 지방 정부들은 다른 법들을 만들어 인종 분리 정책을 합법화했다. 남부 지역에 가장 많이 존재했던 이 법들은 일상 곳곳에서 흑인과 백인을 분리시켰다.

백인과 흑인은 같은 레스토랑에서 밥을 먹을 수 없다.

백인과 흑인은 같은 식수대에서 물을 마실 수 없다.

백인과 흑인은 같은 화장실을 이용할 수 없다.

백인과 흑인은 같은 학교에 다닐 수 없다.

백인과 흑인은 버스에서 같은 구역에 앉을 수 없다.

백인과 흑인은 같은 동네에 살 수 없다.

백인과 흑인은 같은 병원에서 치료받을 수 없다.

백인과 흑인은 같은 바닷가에서 놀 수 없다.

백인과 흑인은 같은 스포츠팀에서 뛸 수 없다.

백인과 흑인은 극장에서 같은 구역에 앉을 수 없다.

백인과 흑인은 다른 인종인 사람과 결혼할 수 없다.

백인과 흑인은 같은 묘지에 묻힐 수 없다.

연방법상으로는 흑인들에게도 투표할 권리가 있었다. 그렇지만 많은 주의 지방 법들은 흑인들의 투표를 막았다. 어떤 지역들은 인두세를 과하게 걷거나 문해력 증명서를 강요하거나 혹은 다른 제약들을 가해서 흑인들이 유권자 명부에 등록하기 어렵게 만들었다. 그뿐만 아니라 유권자 명부에 등록되지 않으면 배심원이 되거나 공직에도 출마할 수 없었다. 이 때문에 많은 흑인들은 투표권 이외에 기본적 시민권들도 가질 수 없었다.

1930년대, 미국은 10년 동안 경제 불황이 이어진 대공황을 겪었다. 일자리 구하기는 하늘의 별 따기였고 임금 또한 대폭 삭감됐다. 모든 미국인들이 고통을 겪었지만, 흑인들은 더욱 심각한 어려움을 겪었다.

그러므로 1939년에 시작된 제2차 세계대전은 오히려 많은 흑인들이 자신과 가족들에게 더 나은 삶을 만들어 줄 수 있는 기회를 갖게 했다. 많은 흑인 남성들이 군대에 입대했다. 그들은 백인 장교들이 감독하는, 인종이 분리된 흑인 보병 연대에 복무해야 했지만, 자신들이 충성심과 애국심을 갖고 최선을 다한다면 백인들이 누리는 권리를 언젠가 흑인도 누릴 수 있게 될 것이라고 믿었다. 이때 흑인 여성들도 군대에 입대했는데 해군 소속 여성 부대에서도 복무했다.

제2차 세계대전은 도로시 본, 메리 잭슨, 캐서린 존슨, 크리스틴 다든과 같은 여성들에게 전문 수학자로서의 길을 열어주기도 했다. 이들은 각각 랭글리 항공 연구소에 취직했고 그곳에서 서로를 만났다. 똑똑하고, 용감하고, 자신만만하고, 수학을 잘하는, 자신과 비슷한 여성들을 만나게 된 것이다. 전쟁은 세상을 바꿔 놓았고 이 여성들의 삶 또한 바꿔 놓았다.

문이 열리다

한 신문 광고가 많은 여성들의 시선을 사로잡았다.

“집안일에서 벗어나세요! 소매를 걷어붙이고 그동안 남성만이 할 수 있었던 일에 도전하세요! 그리고 이 도전을 원하는 여성들은 랭글리 항공 연구소로 연락 주세요.”

몇 년 전까지만 해도 생각지도 못했을 광고였다. 대부분의 고용주들은 남성이 해 왔던 일을 여성이 대신할 수 있으리라고 생각하지 않았다. 그렇지만 1943년 봄은 제2차 세계대전이 절정에 다다른 때였다. 많은 남성들이 군 복무를 위해 나라를 떠나 있었다. 미국은 힘이란 힘은 모조리 끌어모아야 하는 상황이었다. 그랬기 때문에 고용주들은 이전까지 남성이 독차지했던 직업에 여성을 고용하기 시작했다.

이 특별한 광고는 항공 과학을 연구하는 정부 기관인 NACA에서 실은 광고였다. NACA는 버지니아 주 햄프턴에서 미국 육군 항공대와 부지를 함께 쓰고 있었다. 햄프턴은 버지니아 주의 남동쪽에 있는 도시로 체사피크 만 옆에 위치하고 있었다.

NACA에는 매우 특별하고 중요한 임무가 있었다. 바로 미국이 전 세계에서 가장 강력하고 뛰어난 비행기를 개발하도록 돕는 임무였다. 비행기는 병력을 이동시키고, 적군을 추적하고, 폭탄을 떨어뜨렸다.

세계 지도자들은 하늘을 지배하는 나라가 제2차 세계대전에서 승리할 것으로 생각했다. 루스벨트 대통령은 항공력이 매우 중요하다고 믿었다. 루스벨트 대통령은 이로부터 2년 전인 1941년부터 비행기 생산량을 연간 5만 대로 늘리자고 제안했다. 그때까지만 해도 미국에서는 연간 약 천 대의 비행기만이 생산되고 있었다.

NACA와 민간 기업들은 나라의 도전 과제를 받아들였다. 1943년이 되자, 미국의 항공 산업은 세계에서 가장 크고, 가장 생산적이고, 가장 정교한 산업이 됐다. 그리고 미국은 대전국인 독일보다 세 배나 더 많은 비행기를 생산할 수 있게 됐다.

"항공력을 통해 승리하자!"

랭글리 항공 연구소에서는 비행기를 설계하고, 기술을 테스트하고, 문제점을 개선하는 일을 했다. 랭글리 항공 연구소는 NACA가 최초로 본격적인 활동을 시작한 곳이었다. 공학자들은 풍동wind tunnel 장치를 만들고 비행기가 날아갈 때 맞닥뜨릴 수 있는 다양한 상황을 실험했다. 공학자들은 이러한 실험을 통해 비행기 몸통 전체는 물론이고 비행기의 부품 하나하나까지 테스트할 수 있었다.

이러한 테스트가 끝나고 나면 조종사들이 모형 비행기를 조종했다. 그러고는 비행기가 대기에서 어떻게 움직이는지를 평가했다. 비행기가 갑자기 기울지는 않는가? 엔진이 꺼지지는 않는가? 조종하기 어렵지는 않은가? 설계를 조금만 바꿔도 성능에 큰 차이가 생겼다. 심지어 속도와 효율성을 아주 조금만 향상시켜도 그 영향이 먼 거리의 비행에서 크게 증폭되었다. 이러한 차이는 전세를 뒤바꿀 만큼 커다란 차이로 바뀌었다.

랭글리 항공 연구소에서 일하는 사람들은 미국이 전쟁에서 승리하도록 돕기 위해 자신의 몫을 다하고 있다고 생각했다. "항공력을 통해 승리하자!" 랭글리 항공 연구소의 수석 공학자인 헨리 레이드가 말했다. 그리고 연구소에서 일하는 사람들 모두 이 말을 가슴에 새겼다.

사람 구함 : 여성 수학자들

랭글리 항공 연구소에 근무하는 공학자들에게는 자신을 도와줄 더 많은 동료들이 필요했다. 모형 비행기를 만드는 기능공, 풍동을 점검하고 보수하는 정비공, 그리고 테스트를 통해 수집한 데이터를 가공할 '계산 전문가들'이 필요했다.

공학자들에게 비행기를 만드는 일은 복잡한 물리학 실험이었다. 물리학은 물질, 에너지, 운동에 대한 과학이다. 물리학을 위해서는 수학이 필요하고 수학을 위해서는 수학자가 필요했다. 랭글리 항공 연구소에서 수학자는 여성을 의미했다.

여성 수학자들이 랭글리 항공 연구소에서 일하기 시작한 것은 1935년부터였다. 여성 수학자들이 남성 공학자들과 똑같이 계산을 잘하거나 심지어 더 잘한다는 사실을 보여 주는 데는 그다지 오랜 시간이 걸리지 않았다. 그렇지만 남성 동료들과 동등한 자격을 보장해 줄, '수학자'라는 직함을 부여받은 여성은 거의 없었다. 여성들은 대신 '준전문가'로 분류되었다. 남성들보다 급여를 덜 받는 직함이었다.

랭글리 항공 연구소에서 여성 수학자들은 '컴퓨터'라고 불렸다. 이들은 공학자들이 테스트를 통해 수집한 데이터를 더 유용한 형식으로 변환하는 계산 작업을 했다. 오늘날 '컴퓨

랭글리 항공 연구소에서 한 여성 컴퓨터가 계산 작업을 하고 있다.
NASA 랭글리 연구 센터 제공

터'라는 용어는 우리가 매일 사용하는 기계를 가리키지만, 1940년대에 '컴퓨터'는 계산 작업computation을 하는 사람, 숫자에 천부적인 재능을 가진 여성을 가리켰다.

1943년, 랭글리 항공 연구소는 수학 계산에 천부적인 재능을 가진 여성을 필요한 만큼 찾기 힘들었다. 그 때문에 NACA는 채용 담당자들을 전국의 대학에 파견해 분석 기술과 수학 기술이 뛰어난 젊은 여성을 수소문했다.

인간 컴퓨터

정부는 백인들만 고용해서는 인력이 부족하다고 판단했고 흑인들을 고용하기로 결정했다. 시민운동 지도자인 필립 랜돌프는 루스벨트 대통령에게 연방 정부와 방위 산업의 인종차별 정책을 폐지하고 '공정 고용 실행 위원회'를 만드는 행정 명령을 발효하라고 촉구했다. 이 행정 명령은 미국 흑인들에게 새롭고 놀라운 기회를 열어 줬고 흑인들은 전시 동안 백인들과 함께 일할 수 있게 됐다.

또한 연방 정부는 흑인들이 다니는 대학교에 특별 훈련 강의를 개설했다. 학생들이 전시 업무를 성공적으로 수행하는데 필요한 기술들을 배울 수 있도록 도운 것이다.

흑인들이 보는 〈노퍽 저널 앤드 가이드〉 같은 신문들은 독자들에게 취업 지원을 독려하는 기사를 냈다. 지원자들은 어마어마했다. 지원자들은 자신의 인종을 고려할 필요가 없었다. 최근 통과된 법이 지원서에 사진을 붙여야 한다는 조건을 없애 버렸기 때문이었다. 하지만 고용주들은 어느 지원자가 흑인인지 쉽게 알아낼 수 있었다. 흑인들은 백인들이 다니는 전문 대학과 종합 대학교에 다닐 수 없었다. 그렇기 때문에 흑인 지원자들은 웨스트버지니아 주립 대학, 하워드 대학, 햄프

랭글리 항공 연구소에 근무하는 직원들이 해군 장관의 방문을 환영하기 위해 모여 있다.
NASA 랭글리 연구 센터 제공

턴 대학, 아칸소 농업 대학, 메커니컬 앤드 노멀 대학 등과 같이 흑인들만 다니는 대학교 출신이었다. 흑인 지원자들 중 대다수는 수학 학위와 과학 학위는 물론이고 수년간의 교직 경험을 갖고 있기도 했다.

랭글리 항공 연구소에 고용된 흑인 수학자들은 연구소 서쪽 편의 창고 건물에 있는 작업 공간에 배치됐다. 동쪽 구역에서 일하는 컴퓨터들은 모두 백인이었고 서쪽 구역에서 일하는 컴퓨터들은 모두 흑인이었다. 단 감독관과 부감독관은 모두 백인 여성들이었다.

예전부터 랭글리 항공 연구소에도 흑인 직원들이 있었지만 그들은 모두 경비 직원, 구내식당 직원, 보조 정비공, 공원 관리인 등으로 일했다. 흑인 수학자들을 고용한 일은 완전히 획기적인 일이었다.

대부분의 공학자들은 일손이 늘어난 것을 반가워했다. 비록 일손이 검은색 피부라고 해도 상관없었다. 랭글리 항공 연구소는 24시간 내내 밤낮으로 군인들이 전쟁터에서 조종할 비행기들을 테스트했다. 모두 해야 할 일이 산더미였다.

랭글리 항공 연구소가 위치한 버지니아 주의 햄프턴은 남부 지역의 특징이 매우 강한 지역이었다. 버지니아 주의 법과 관습에 따라 흑인들은 백인들과 같은 버스 좌석에 앉거나, 구내식당의 같은 자리에 앉아 밥을 먹거나, 같은 화장실을 이용할 수 없었다. 랭글리 항공 연구소의 행정 직원들은 신참 흑인 수학자들의 도착에 앞서 여러 가지를 준비했다. 그중 하나는 '유색 인종 여성Colored Girls'이라고 적힌 금속 표지판을 화장실에 다는 일이었다.

흑인 여성들에게 랭글리 항공 연구소에서 일하는 것은 흥미로운 기회였다. 물론 낯선 환경에 들어가는 일이 쉽지만은 않았다. 그렇지만 그들은 모두 자신들의 나라를 위해 일할 수 있고, 자신들 역시 누구 못지않게 훌륭한 수학자가 될 수 있다는 사실을 증명하기를 간절히 원했다.

좋은 일자리, 매우 좋은 일자리

1943년 여름에는 폭염을 피할 도리가 없었다. 피켓 캠프의 세탁 공장에서 일하는 흑인 여성들은 더욱 그랬다. 피켓 캠프는 버지니아 주 중부에 있는 육군 훈련소로 매주 1만 8천 보따리의 빨래가 쏟아져 나왔다. 피켓 캠프의 세탁 공장 안은 온도와 습도가 무척 높았다. 노동자들은 한 번씩 밖으로 걸어 나와 겨우 한숨을 돌리곤 했다.

공장에서 하는 일은 매우 힘들었다. 어떤 여성들은 군인들의 땀에 전 세탁물을 세탁기 안에 집어넣는 일을 했다. 다른 여성들은 물에 흠뻑 젖은 세탁물을 들어 올려 건조기 안에 넣는 일을 했다. 또 다른 여성들은 뜨거운 다림질 기계 앞에서 일했다. 그녀들은 마치 거대한 철판 앞에서 전을 부치는 요리사들 같았다.

세탁 노동자는 전쟁 노동자들의 가장 맨 밑바닥을 차지했다. 이들은 1시간에 40센트를 벌었다. 모든 전쟁 노동자 중 가장 낮은 임금이었다. 그렇지만 일자리 구하기가 하늘의 별 따기였던 여성들에게는 그렇게 얼마 안 되는 임금도 뜻밖의 횡

재처럼 느껴졌다.

도로시 본은 세탁 공장에 지원해 볼까 고민했다. 32세인 도로시는 피켓 캠프에서 약 50킬로미터 정도 떨어진, 버지니아 주 팜빌의 흑인 고등학교에서 수학을 가르치고 있었다. 그녀의 집은 다른 집들에 비해 형편이 나은 편이었다. 도로시의 시부모님은 시내에서 이발소, 당구장, 휴게소를 운영하고 있

이 사진은 플로리다 주 잭슨빌에 있던 미 해군 항공 기지에 있는 세탁 공장으로
버지니아 주 블랙스톤에 있던 피켓 캠프의 세탁 공장과 비슷한 모습이다.

미 해군 인사부의 1944년 6월 정보 고시 제공

었다.

그러나 도로시는 돈을 더 벌 수 있는 직업을 갖고 싶었다. 교사라는 직업은 일정한 사회적 지위를 보장했지만 보수가 좋지는 않았다. 버지니아 주에 있는 백인 공립 학교 교사들은 미국에서 가장 낮은 급여를 받는 축에 속했고 버지니아 주에 있는 흑인 교사들은 이들보다 절반이 낮은 급여를 받았다. 그러나 만약 세탁 공장에서 일한다면 교사 급여의 두 배를 벌 수 있었다.

도로시처럼 교육받은 여성이라면 애초에 세탁 공장은 거들떠보지도 않을지 모른다. 지저분하고 힘든 일에서 탈출하기 위해 대학 학위를 받는 것 아닌가? 더구나 피켓 캠프는 팜빌에서 멀리 떨어져 있었다. 만약 그곳에서 일하게 된다면 아이들과 떨어져 평일에는 기숙사에서 지내고 주말에만 집에 올 수 있을 터였다.

그렇지만 도로시는 개의치 않았다. 도로시는 자녀들이 최고의 교육을 받을 수만 있다면 무슨 일이라도 해서 돈을 넉넉히 벌고 싶었다. 세상은 흑인 아이들에게 백인 아이들보다 더 많은 것을 요구하면서도 더 적게 보상했다. 도로시는 이런 세상에서 아이들이 잘 살아갈 수 있도록 준비시키고 싶었다. 그리고 그 방법으로는 질 높은 교육을 받게 하는 것이 가장 좋은 방법이라고 생각했다.

도로시의 어린 시절

도로시는 1910년에 미주리 주의 캔자스시티에서 태어났다. 도로시의 어머니는 도로시가 2살 되던 해에 세상을 떠났고 아버지는 이후에 재혼을 했다. 도로시의 새어머니는 도로시가 초등학교에 입학하기도 전에 글을 가르쳤다. 도로시가 충분히 교육받고 성장하여 성공하기를 바랐다. 그리고 도로시의 가족은 도로시가 8살 되던 해에 웨스트버지니아 주로 이사를 했다.

도로시는 열심히 공부했고 고등학교를 수석으로 졸업했다. 그런 다음 윌버포스 대학에 전액 장학금을 받고 입학했다. 윌버포스 대학교는 미국에서 가장 오래된 흑인 사립 대학으로 오하이오 주에 있었다. 웨스트버지니아 주의 감리교 주일학교 협회에서 도로시에게 장학금을 후원해 주었다.

도로시는 윌버포스 대학교에서 수학을 전공하며 좋은 성적을 받았고 교수 중 한 명이 도로시를 워싱턴에 있는 하워드 대학교의 수학 대학원에 추천했다. 그렇지만 그때까지도 대공황의 여파가 여전히 미국 전역에 영향을 미치고 있었다. 도로시의 부모님은 가족을 부양하기 위해 안간힘을 썼다. 도로시는 대학원에 가지 않고 취직을 하기로 결정했다. 도로시가 일을 한다면 살림에도 도움이 되고 여동생도 대학에 진학할 수 있었다.

도로시는 곧바로 교사 일자리를 찾아보았다. 그 당시에 교사라는 직업은 대학 학위를 가진 흑인 여성이 가질 수 있는 가장 안정적인 직업이었다.

도로시는 1929년에 윌버포스 대학을 졸업하고 일리노이 주의 시골 지역인 탬스에 있는 흑인 학교에서 수학과 영어를 가르쳤다. 탬스는 주민들 대부분이 주로 목화 재배를 하는 지역이었다. 그러나 대공황 때문에 목화 가격이 폭락했고 탬스 지역은 심각한 타격을 받았다. 지역 학교 위원회에서는 도로시가 근무하던 학교를 폐교시켰다. 그 지역 흑인 학생들이 다닐 수 있는 공립 학교가 없어진 것이었다. 도로시는 할 수 없이 다시 직장을 찾아야 했고 노스캐롤라이나 주의 해안 지역에 있는 학교에서 교사직을 구했다. 그렇지만 노스캐롤라이나 주 역시 상황이 좋지 않았다. 이 학교도 그해 중반 무렵에 재정이 바닥나고 말았다. 어쩔 수 없이 도로시는 고향으로 돌아와서 호텔에서 웨이트리스로 일했다. 그런 다음 1931년 버지니아 주 팜빌에서 교사 자리를 새로 구했다.

도로시는 팜빌에서 하워드 본이라는 남자를 만났다. 훤칠한 키에 카리스마가 넘치는 청년이었다. 그는 여러 호화 호텔을 오가며 벨 멘으로 일하고 있었다. 겨울에는 플로리다 주에 있는 호텔에서 일했고 여름에는 뉴욕 주 북부와 버몬트 주에 있는 호텔에서 일했다. 그리고 그사이 일을 잠시 쉴 때면 가족이 살고 있는 팜빌로 돌아왔다.

도로시와 하워드는 서로를 보자마자 사랑에 빠졌다. 두 사람은 결혼을 했고 팜빌에 정착했다. 도로시는 매주 일요일 아침마다 교회에서 피아노 연주자로 일했다. 도로시는 팜빌에서 안정적인 직장을 구했고 충만한 삶을 살았다. 그런데 바로 그때 제2차 세계대전이 발발했다.

전시 일자리

1940년대 초 미국 정부는 고용을 늘리고 있다는 소식을 전국에 널리 퍼뜨렸다. 다양한 공무들을 나열한 공고문이 지역 우체국의 벽을 도배했다. 1943년 봄, 도로시는 팜빌 우체국에 들렀다가 피켓 캠프에서 세탁 일을 할 사람을 구하고 있다는 공고를 보게 되었다. 눈을 돌려 다른 공고문들을 죽 훑어보던 중 '수학'이라는 단어가 도로시의 눈길을 사로잡았다. 자세히 보니 버지니아 주 햄프턴에 있는 정부 기관이 비행기를 전문적으로 개발하는 시설에서 계산 업무를 할 여성들을 구하고 있다는 소식이었다.

도로시는 이 공고는 팜빌에 있는 부유한 백인 여학생을 대상으로 한 것이라고 생각했다. 랭글리 항공 연구소에서 흑인 여성의 지원서를 받을 것이라고는 생각지도 못한 것이다.

그렇지만 제2차 세계대전 동안 미국은 모든 시민들의 도움이 필요했다. 가능한 한 많은 노동자들이 필요했다. 흑인이든 백인이든 다른 어떤 인종이든, 남성이든 여성이든 어떤 노동자라도 상관없었다. 흑인 신문들은 이러한 전시 일자리에 대한 소식을 널리 전했다.

1943년 5월 첫째 주, 도로시는 대표적인 흑인 신문인 〈노퍽저널 앤드 가이드〉에 실린 한 기사에서 눈을 뗄 수가 없었다. '여성 공학자가 되기 위해 준비하세요.' 신문의 첫 면 머리기사 제목이었다. 기사에는 옷을 잘 차려입은 11명의 흑인 여성들이 햄프턴 대학의 베미스 연구소 앞에 서 있는 사진이 실려 있었다. 베미스 연구소는 전시 훈련 수업을 대비해 만든, 여성 공학 대학원이었다.

어쩌면 숫자를 사랑하는 흑인 여성들을 위한 새로운 기회일지도 몰랐다. 도로시는 지원서를 내보기로 결심했다.

일자리, 좋은 일자리, 그리고 매우 좋은 일자리

도로시가 사는 세계에서 흑인에게는 보통 일자리와 '좋은' 일자리가 있었다. 세탁물을 분류하거나 백인들의 집을 청소하거나 담배 공장에서 일하는 것 등은 그냥 보통 일자리였다. 이발소나 작은 사업체를 운영하거나 우체국이나 철도역에서 일하는 것은 '좋은' 일자리였다. 교사나 목사, 의사나 변호사로 일하는 것은 흑인에게 '매우 좋은' 일자리였다.

그렇지만 항공 연구소에서 일하는 것은 완전히 새로운 것이었다. 너무 특이해서 꿈도 꿔 보지 못한 일자리였다. 이 일자리는 도로시 가족의 미래를 바꿀지도 몰랐다. 전쟁이 6개월이나 1년 안에 끝난다고 하더라도, 이 기간 동안 이전보다 훨씬 더 많은 급여를 받을 수 있었다. 그렇게만 된다면 아이들의 교육을 위해 돈을 더 저축할 수 있을 터였다.

1943년 봄, 도로시는 두 개의 입사 지원서를 작성하여 우편으로 부쳤다. 하나는 피켓 캠프의 세탁 일을 하기 위한 지원서였고 다른 하나는 랭글리 항공 연구소에서 수학자로 일하기 위한 지원서였다. 세탁 공장 일자리를 위한 지원서는 매우 간단했다. 세탁 노동자는 언제나 부족했기 때문에 도로시는 자신이 채용되지 못할 것이라고는 상상도 하지 않았다.

한편 랭글리 항공 연구소는 이력, 추천서, 출신 학교, 외국어 능력 등 다양한 사항을 기입하게 했다. 그중 한 질문은 이거였다. "언제부터 출근할 수 있습니까?"

도로시는 빈칸을 채워 넣었다. '48시간 이내.'

만약에 취직이 된다면 48시간 안에 출근할 작정이었다. 이런 기회는 다시는 오지 않을지도 모르니까.

새로운 시작

1943년 가을, 도로시 본은 늘 그랬던 것처럼, 버지니아 주 팜빌에 있는 흑인 고등학교인 모턴 고등학교에서 수학을 가르치며 새 학년을 시작했다. 도로시는 교사라는 직업을 사랑했다. 언제나 할 수 있는 한 최선을 다해 학생들을 도왔다. 그렇지만 한편으로는 몇 달 전에 제출한 입사 지원서에 대한 응답을 기다리고 있기도 했다.

도로시는 해야 할 일이 산더미라 숨 돌릴 틈이 없었다. 모턴 고등학교는 원래 180명의 학생을 수용하도록 지어졌지만 학교에는 300명이 넘는 학생들이 교실마다 빼곡했다. 도로시가 학생들이 넘쳐나는 강당에서 대수학을 가르치는 동안 같은 강당 한편에서는 또 다른 수업이 두 개나 더 진행되고 있었다.

그뿐만 아니라 도로시는 학교 수업이 끝나고 나면 도움이 더 필요한 학생들에게는 개인 보충 수업을 해 주었다. 그러고는 학부모 회의 일을 했다. 학교 밖에서는 미국 흑인 지위 향상 협회인 NAACP의 팜빌 지부를 만들기 위해 초대 이사로 활동했다.

"전쟁에서 승리하기 위해 무엇을 할 수 있을까?"

사람들은 제2차 세계대전에 대한 생각을 한순간도 떨쳐버릴 수 없었다. 1943년 가을, 모턴 고등학교의 4H클럽은 군인들을 위해 생필품 꾸러미를 만들고 "전쟁에서 승리하기 위해 무엇을 할 수 있을까?"라는 주제로 토론회를 열었다. 또한 학교 측에서는 군인들을 위한 기금을 마련하기 위해 전쟁 우표를 판매했다. 지역 공동체에서는 전쟁의 최전방으로 떠나는 청년들을 위해 고별 파티를 열었다.

도로시 역시 수학 수업에 '전시 수학'이라는 단원을 추가했다. 도로시는 학생들에게 수학을 이용하여 가계 재정 예산을 맞추는 방법과 전시 배급 통장을 관리하는 방법을 가르쳤다. 각 가정은 배급 통장을 이용해 밀가루나 설탕 같은 생필품을 제한된 양만 사용할 수 있었다.

그러던 중 마침내 11월이 됐고 NACA에서 보낸 편지가 도착했다. 편지에는 "이로써 당신이 연봉 2,000달러를 받는 P-1 등급 수학자로 고용되었음을 증명합니다."라고 적혀 있었다. 도로시가 교사로 일하며 받던 연봉인 850달러보다 두 배 이상 많았다.

그러나 막상 합격 통지서를 받자 마음이 복잡해졌다. 도로시는 한 남자의 아내이자 네 아이의 어머니였다. 랭글리 항공 연구소에서 일하게 된다면 일주일에 6일씩, 하루 온종일 일해야 했다. 만약 이 일자리를 받아들인다면 아이들로부터 떨어진 채 집에서 자동차를 타고도 4시간을 달려야 하는 곳에서 지내야 했다. 그리고 휴가 때나 되어야 아이들을 만나러 집으로 돌아올 수 있었다.

그렇지만 도로시는 이 일자리가 '매우 좋은' 일자리라는 사실을 알았다. 그녀와 가족의 미래를 바꿔 줄 매우 좋은 일자리였다. 도로시는 가족과 친구들에게 이 소식을 전했다. 학생들은 도로시가 학교를 떠난다는 사실에 서운해했다. 이웃들은 흑인 신문 〈노퍽 저널 앤드 가이드〉의 팜빌 지역 지면에 실린 알림 기사를 보고서야 도로시의 결정에 대해 알았다. 기사에는 이렇게 적혀 있었다. "수년 동안 고등학교에서 수학을 가르친 교사 도로시 본 부인이 랭글리 항공 연구소로 직장을 옮깁니다."

도로시는 작별 인사를 길게 하는 것을 좋아하지 않았다. "크리스마스에는 돌아올 거야." 도로시는 네 명의 어린 자녀들을 안아 주며 짧게 말했다.

물론 아이들을 두고 떠나는 것이 슬펐다. 그렇지만 그녀는 아이들이 팜빌의 집에서 잘 보살핌 받을 것이라는 사실을 알았다. 아이들은 북적거리는 빅토리아 시대풍의 집에서 할머니, 할아버지와 함께 살고 있는 데다 동네에는 고모와 삼촌, 사촌 형제들이 수십 명이나 살고 있었다. 아이들의 삶은 크게 달라지지 않을 것이다.

도로시는 12년 동안 현관 밖으로 걸어 나와 왼쪽 방향으로 몸을 틀어서 자신이 일하는 학교로 향했었다. 하지만 이날 아침에는 반대 방향으로 몸을 틀고 랭글리 항공 연구소의 새로운 일자리를 향해 출발했다. 그러고선 다시는 뒤를 돌아보지 않았다.

집을 나서다

도로시는 그레이하운드 버스에 올라타고서 노스캐롤라이나 주의 팜빌에서 버지니아 주의 뉴포트뉴스까지 220킬로미터를 이동했다.

버스에 타고 있는 동안 많은 생각이 떠올랐다. '백인들과 함께 일하면 어떤 느낌일까? 주립 교원 학교에 다니는 학생들같이 어린 여성들과 나란히 앉게 될까? 가족과 아이들로부터 떨어져 있는 시간을 어떻게 견뎌야 할까?'

도로시는 달리는 버스 차창 밖으로 완만한 언덕이 굽이쳐 흘러가는 풍경을 바라봤다. 그 순간 부정적인 마음은 모두 접어 두기로 마음먹었다. 나라는 도로시를 필요로 하고 있었고 그녀는 나라와 가족을 위해 제 역할을 다할 준비가 되어 있었다. 도로시는 의욕이 넘쳐흘렀다.

두 개의 승리

1940년대 초반, 햄프턴로즈 지역은 다른 여러 지역에서 온 새로운 사람들로 북적였다. 항만을 에워싼 여러 도시들은 제2차 세계대전이 발발한 이후로 수십만 명의 새로운 주민들을 맞이했다. 1940년과 1942년 사이에 햄프턴로즈 지역의 인구는 50퍼센트 이상이나 증가했다.

햄프턴로즈 지역은 미국의 강력한 군사 기지로 부상했다. 이곳에 있는 일자리 대부분이 전쟁과 관련돼 있었다. 그리고 많은 일자리가 여성들의 몫이었다. 여성들이 작업복을 입고 주유소에서 일을 했다. 한때 남성만이 해 왔던 일들을 여성이 한다고 해도 더 이상 이를 이상하게 생각하는 사람은 아무도 없었다. 여성들은 온갖 종류의 일들을 모두 했다. 구두를 닦고, 조선소에서 일하고, 인사부 사무실에서 일했다. 원래 남성들만 할 수 있는 것으로 여겨지던 일들이었다. 그러나 남성들은 전쟁터에 나가 있었고 여성들이 그 빈자리를 채워야 했다.

전쟁은 8시간씩 3교대로 24시간 내내 벌어졌고 많은 산업체는 이에 보조를 맞추느라 안간힘을 썼다. 일부 가게들은 밤

11시나 12시까지 문을 열었다. 극장은 오전 11시부터 밤 12시까지 영화를 상영했다. 강한 애국심을 심어 주는 영화가 대부분이었다. 은행도 노동자의 수표를 현금으로 바꿔 주기 위해 늦은 시간까지 열었다.

햄프턴로즈에 흘러든 새로운 주민들은 살 곳이 필요했다. '주택'이 필요한 사람은 많았지만 그에 비해 주택은 턱없이 모자랐다. 집주인들이 집세를 두 배 이상 올렸음에도 대기자들이 줄을 섰다. 상수도, 발전소, 학교, 병원은 폭발적으로 증가하는 인구를 감당하느라 몸살을 앓았다.

정부는 이러한 문제들을 해결하기 위해 뉴포트뉴스의 이스트엔드 지역에 5,200채의 집을 새로 지었다. 흑인들을 위해서는 뉴섬파크라고 알려진 별도의 구획에 1,200채의 집을 따로 지었다.

환영합니다

도로시 본은 뉴포트뉴스에 목요일에 도착해서 그 다음 주 월요일에 바로 랭글리 항공 연구소에 출근하기 시작했다. 인사 담당 부서는 신입 사원들이 거주할 수 있는 집들을 알아봐 두었다. 인종 분리 관습에 맞추어 인종에 따라 거주 가능

'버지니아 주의 법에 따라 모든 유색 인종 승객들은 버스 뒤편에 타야 한다.'
1954년 버지니아 주의 뉴포트뉴스에 있는 버스정류장에 있던 표지판.
Citizen's Rapid Transit 회사/ 버지니아 주 특수 컬렉션 도서관 제공

한 집들을 나눴다.

도로시는 일주일에 5달러를 내고 혼자 쓸 수 있는 방과 하루 두 끼의 식사를 제공 받는 집에 살게 되었다. 하숙생을 들이고자 하는 60대 흑인 부부의 집이었다. 도로시가 얻은 집은 이스트엔드 지역에 위치해 있었고 뉴섬파크에 새로 지어진 주택 단지에서 그리 멀지 않았다.

이스트엔드 지역에 있는 집들은 잘 가꾸어져 있었고 번창하는 사업체들에 둘러싸여 있었으며 중산층이 많이 살고 있

었다.

시내버스와 전차가 아침부터 밤까지 동네를 휘젓고 다녔다. 버스에서 근무를 마친 노동자들이 쏟아져 나오면 또 다음 근무를 이어 할 노동자들이 우르르 몰려갔다. 버스는 항상 만원이었고 인종 분리 정책 때문에 더 혼잡했다. 백인은 버스 앞문으로 타고 내리고 흑인은 버스 뒷문으로 타고 내려야 하는 규칙이 있었다. 버스 중앙에는 '유색 인종의 선Colored Line'이라고 불리는 경계가 존재했다. 백인 자리가 꽉 차면 버스 운전사가 흑인에게 양보를 강요하고 백인 좌석 구역을 임의로 늘렸다. 그럴 때면 흑인은 백인에게 자신의 자리를 양보해야 했다. 때로 뒷문에 버스 안내원이 없어 버스 앞문으로 탔다가 사람들을 헤치며 버스 뒤편까지 들어가야 하는 일도 있었다. 이것은 백인도 마찬가지였다. 백인도 뒷문으로 탔다면 사람들을 비집고 백인 좌석이 있는 앞자리로 가야 했다. 백인조차도 여러 혼잡과 불편에 대해 투덜댔다. 그러나 백인은 혼잡과 불편을 겪는 것에 그치는 반면 흑인은 규칙을 어겼다는 이유로 체포되거나 벌금을 내는 일도 있었다.

인종과 애국심

햄프턴로즈는 물론이고 전국에 걸쳐 흑인과 백인 사이에 긴장이 흘렀다. 사람들로 북적이는 초만원 버스, 주 6일간의 피로한 근무, 끊이지 않는 공사와 그로 인한 소음, 설탕과 커피, 버터, 고기 같은 생필품 부족 현상. 이 모든 현상은 사람들을 스트레스에 시달리게 했다. 그리고 흑인과 백인 사이에 긴장을 만들어 냈다.

완전히 새로운 문제는 아니었다. 2년 전인 1941년, 루스벨트 대통령은 '모든 인간은 어떤 종교를 가지고 있든, 어떤 인종이든, 어느 곳에 살고 있든 상관없이 네 가지 자유를 누릴 권리가 있다'고 말했다. 바로 표현의 자유, 신앙의 자유, 결핍으로부터의 자유, 공포로부터의 자유였다.

루스벨트 대통령은 사람들의 자유를 부정하는 다른 나라의 독재자들을 물리치는 데 미국이 앞장서겠다고 약속했다.

미국의 흑인들은 세계 곳곳에서 자유를 억압당하는 사람들의 목소리에 큰 공감을 느꼈다. 미국의 흑인들은 독일인들이 자국의 유대 인들에게 가한 잔혹한 행위들에 대해 알고 나서 경악을 금치 못했다. 직업을 제한하고, 감옥에 가두고, 시민권을 부정하고, 폭력을 가하고, 격리하고, 강제 수용소에서

과도하게 일을 하다 죽게 만들고, 살해하는 등의 일들이었다.

미국의 흑인들은 유대 인들의 상황을 노예 제도, 부당한 대우, 폭력 사태에 저항하는 자신들의 투쟁과 비교하지 않을 수 없었다.

수세대 동안 미국 흑인들은 정부로부터 인종 차별을 없애겠다는 약속을 받아 왔다. 그러나 흑인들은 인종 차별이 사라지기는 커녕 제1차 세계대전과 제2차 세계대전 동안 인종 분리 정책이 더 강력해지고 미국을 지배해 가는 현상을 목격했다.

미국 정부가 제2차 세계대전에 참전하겠다고 결정을 내리자 흑인들은 정부에게 전시 일자리를 자신들에게도 달라고 요구했다. 공정 고용 실행법이 제정되도록 도왔던 필립 랜돌프 같은 흑인 지도자들은 정부에게 모든 시민을 평등하게 대하는 방법으로 애국심을 보여 달라고 요구했다.

흑인 신문들도 이 문제에 대해 공개적으로 발언했다. "'이미 자유로운 타국 사람들의 편에 서기 전에 여기 조국에서 먼저 우리가 민주주의의 축복을 누릴 수 있도록 하라. 그런 다음에 우리에게 조국을 떠나 이국의 땅에서 목숨을 걸라고 말하라." 〈노퍽 저널 앤드 가이드〉의 발행인인 P. B. 영이 1942년

한 사설에서 한 말이었다. 자신의 조국에서 스스로 자유를 누리지 못하고 있는데 다른 나라 국민들의 자유를 위해 싸울 필요가 있을까?

26세인 식당 직원 제임스 톰슨은 주간지 〈피츠버그 커리어〉에 보낸 편지에서 자신의 생각을 아래와 같은 문장으로 밝혔다. "검은색 피부를 가진 미국인으로 살면서 이런 질문들이 뇌리를 스치고 지나갑니다. '내가 알고 있는 미국이라는 나라가 과연 보호할 만한 가치가 있는 나라인가? 유색 인종 미국인들은 과거에 가해져 왔던 모욕을 앞으로도 계속 참아 내야 할까?' 누군가는 대답해야 합니다. 저는 대답을 듣고 싶습니다. 생각이 있는 흑인이라면 이 대답을 누구나 듣고 싶어 할 것입니다."

'우리는 무엇을 위해 싸우고 있는가?' 많은 미국 흑인들은 자기 자신과 다른 사람들에게 질문을 던졌다.

미국 흑인들은 자신의 나라에 충성스러웠다. 그들은 민주주의의 가치에 대해 변치 않는 깊은 믿음이 있었다. 진주만이 공습당하고 미국이 제2차 세계대전에 참전하기로 결정하자 흑인 사회는 이전의 전쟁 때도 그랬듯이 한마음으로 똘똘 뭉쳤다. 흑인들은 나라의 미래를 위해 그리고 자신의 미래를 위해 용감히 싸울 준비를 했다.

흑인으로서의 삶과 미국인으로서의 삶 사이의 간극 때문에 '두 개의 승리'라는 개념이 생겼다. 제임스 톰슨은 〈피츠버그 커리어〉에 보낸 편지에서 이 개념에 대해 이렇게 설명했다. "흑인들은 두 개의 승리를 상징하는 더블 브이 방식을 취해야 합니다. 첫 번째 브이는 나라 밖에 있는 적들에 대한 승리를 상징하고 두 번째 브이는 나라 안에 있는 적들에 대한 승리를 상징합니다. 추악한 편견을 퍼뜨리는 무리는 우리의 민주주의 정부를 파괴할 것이 분명합니다. 악의 축인 적국들과 다를 바가 없습니다."

도로시 본 역시 '더블 브이'의 중요성을 잘 알고 있었다. 전쟁에서 승리하는 것과 미국 흑인들의 시민권 투쟁에서 승리하는 것 말이다. 도로시는 수학자로서 일하기로 결심하면서 자신이 두 목표, 즉 더블 브이를 향해 충실히 노력해 나가고 있다고 믿었다.

1943년 12월 1일에 미국, 영국, 소련의 지도자들은 다음 해 여름에 프랑스를 침공하겠다는 협정을 체결했다. 이것은 전쟁에서 전환점이 될 침공이었다. 이날은 후에 디데이라고 알려졌다.

같은 날인 12월 1일, 도로시 본은 버스에 있는 '유색 인종 선'을 뒤로 한 채 랭글리 항공 연구소에서 첫 근무를 시작하기 위해 앞으로 성큼성큼 걸어갔다.

‘흑인’ 컴퓨터들

랭글리 항공 연구소에서의 근무 첫날, 도로시는 인사과에서 서류를 작성하며 오전을 보냈다. 오른손을 들고 '미국 공무원 취임 선서'를 하기도 했다. "나 도로시 본은 국외와 국내의 모든 적들로부터 미국의 헌법을 지키고 수호할 것을 엄숙히 맹세합니다."

도로시는 이 맹세를 진지하게 받아들였다. 그렇지만 공식적인 직원이 된 듯한 느낌을 더 생생하게 안겨 준 것은 신분확인 명찰이었다. 푸른색 금속 테두리 안에 도로시의 사진이 박혀 있고 NACA 고유의 날개 모양 로고가 앞뒤에 찍혀 있었다. 이 명찰만 있으면 랭글리 항공 연구소의 다양한 시설에 출입할 수 있었다.

랭글리 항공 연구소는 1917년에 설립된 이후 랭글리 필드에 있는 부지에 건물들을 모아 세워 놓았다. 랭글리 필드는 햄프턴에 있는 백 강변의 동쪽 제방에 위치한 육군 항공대 기지였다. 도로시가 오리엔테이션을 받은 건물은 그곳에서 가장 오래된 건물 중 하나였다. 시간이 흐르면서 건물들이 점점 더

1941년 랭글리 항공 연구소 캠퍼스의 서쪽. 뒤쪽 배경에 캠퍼스의 동쪽이 보인다.
사진 왼편에는 '4.8미터 고속 풍동'이 있다.
이 사진은 위장을 위해 건물들을 짙은 녹색으로 칠하기 전에 찍은 사진이다.
NASA 랭글리 연구 센터 제공

늘어났고 랭글리 항공 연구소는 강의 서쪽 편까지 부지를 확장했다. 서쪽은 공사가 시작됐을 때만 해도 아직 대부분이 숲이었기 때문에 연구소 직원들은 그렇게 외진 곳에서 일해야 한다는 사실에 대해 농담을 하곤 했다.

랭글리 항공 연구소 직원들을 대상으로 매주 발행하는 뉴스 레터인 〈에어 스쿱〉은 그곳을 '황량한 땅, 습지와 모기만 있는 땅'이라고 묘사했다.

도로시는 서류 작업을 마친 후 셔틀버스를 타고서 숲으로 뒤덮인 뒷길의 끝으로 갔다. 그 뒷길은 랭글리 캠퍼스의 동쪽 지구와 서쪽 지구를 연결해 주는 길이었다. 도로시는 벽돌로 된 2층짜리 건물들과 반쯤 지은 건물들이 뒤섞인 낯선 풍경을 둘러봤다. 한 건물 뒤편에는 철골로 만들어진 3층짜리 거대한 파이프가 있었다. '4.8미터 고속 풍동'이라고 불리는 풍동의 일부였다. 이 시설은 비행기 실험을 하는 데에 사용됐다. 모든 건물이 위장을 위해 짙은 녹색으로 칠해져 있어서 독특한 풍경을 만들었다. 전시에 적군의 공격을 막기 위한 방편이었다.

셔틀버스는 창고 건물이라고 불리는 어느 건물 출입구 앞에 도로시를 내려 줬다. 안으로 걸어 들어가자 사무실마다 교실처럼 책상들이 줄줄이 배열돼 있었다. 밝은 천장 등이 달려 있었고 작은 창문들 밖으로 공사가 한창 진행 중인 모습이 보였다. 도로시는 사무실에 들어서자마자 난생처음 듣는 소리를 들었다. 기계식 계산기가 작동하면서 나는 규칙적인 소리였다. 기계식 계산기는 엄청나게 커서 계산기 하나가 책상 하나를 몽땅 차지하고 있었다. 소리는 마치 군악대가 연주하는 드럼 소리 같았다. 매번 숫자가 입력될 때 딸깍 하는 소리가 났고 작동키를 누르면 드럼 소리가 또 한 번 났다. 그런 다음 계산기가 복잡한 계산을 진행하면 드럼 소리가 크게 연타로 이어졌다.

여성들이 일하고 있는 모든 사무실에 똑같은 장면과 똑같은 소리가 연출됐다. 동쪽 지구에서도 여성들이 같은 업무를 하고 있었다. 동쪽 지구 컴퓨터들과 도로시가 함께 일할 서쪽 지구 컴퓨터들 사이의 차이점은 딱 하나였다. 도로시의 사무실에 앉아 있는 여성들은 모두 흑인이었다.

자리에 앉다

서쪽 지구 계산부를 위한 사무실은 약 20명의 직원들을 수용할 수 있었다. 계산부의 일원으로서 각 여성 컴퓨터들은 수학에 관련한 어떠한 임무라도 해결할 준비가 돼 있어야 했다. 랭글리 항공 연구소에서 다루는 공학 문제들은 매우 복잡했다. 그래서 하나의 문제를 작은 부분들로 나누고 각 부분을 여러 여성들에게 할당했다.

도로시가 자리에 앉자 사무실의 모든 여성들이 도로시를 반겨 줬다. 대부분 햄프턴 대학, 버지니아 주립 대학, 아칸소 농업 대학 등과 같은 흑인 대학을 졸업한 여성들이었다. 많은 여성들이 수년 동안의 교직 경험을 가지고 있었고, 대학을 막 졸업하고 처음으로 취직한 여성들도 있었다.

상당수의 여성들은 같은 시민 단체, 같은 교회, '알파 카파 알파'나 '델타 시그마 세타'와 같이 그리스 문자로 이름을 지은 여성 단체에 소속돼 있었다. 도로시는 랭글리 항공 연구소의 서쪽 지구 계산부에서 일하면서 자신이 세계에서 가장 특별한 그룹 중 하나에 속하게 됐다는 사실을 깨달았다.

1940년대만 해도 모든 흑인 여성 중 단 2퍼센트만이 학사 학위를 취득했고 이 여성들 중 약 60퍼센트가 교사가 됐다. 이 당시에는 백인 여성의 10퍼센트만이, 그리고 백인 남성의 3분의 1 이하가 학사 학위를 취득했다. 서쪽 지구 계산부의 컴퓨터들은 '세계에 하나밖에 없는 최고의 항공 연구소'에 취직한 여성들이었다.

사무실 맨 앞에는 마치 교실에 있는 교사와 비슷한 모습으로 2명의 백인 여성이 앉아 있었다. 감독관과 부감독관이었다. 이곳에 오는 임무는 대개 피라미드의 맨 꼭대기에서 아래로 내려왔다. 공학자들이 전체 계산 업무를 총괄하는 책임자에게 가져오면 그 책임자는 각 부의 감독관에게 임무를 건네준다. 그런 다음 각 부의 감독관은 자신이 담당하는 부에 있는 여성들에게 임무를 나눠 준다. 시간이 지나면서 일부 공학자들은 선호하는 직원들이 생겼고 부서 감독관이나 심지어 특정한 컴퓨터에게 계산을 직접 맡기기도 했다.

도로시는 계산부에서 열렬한 환영을 받았다. 여성들은 해야 할 일이 너무 많은 데 비해 시간이 너무 부족했다. NACA는 앞으로 3년 동안 랭글리 항공 연구소 서쪽 지구의 규모를 두 배로 키울 계획이었다. 도로시가 연구소에 도착한 시기에 NACA는 급속히 팽창하는 항공 산업에 속도를 맞추느라 안간힘을 쓰고 있었다. 1938년만 해도 항공 산업은 미국 안에서 규모가 43위밖에 되지 않았지만 1943년에는 전 세계에서 규모가 1위인 산업이 됐다.

구내식당에서 생긴 문제

그날 점심시간, 서쪽 지구 계산부 여성들은 무리를 지어 구내식당으로 걸어갔다. 랭글리 항공 연구소는 근무하는 직원이 워낙 많았기 때문에 부서별로 30분의 점심시간이 정해져 있었다. 재빨리 밥을 먹고 잠시 이야기를 나눌 수 있을 정도의 시간이었다.

대부분의 사람들은 앉고 싶은 자리에 함께 앉았다. 그러나 도로시와 서쪽 지구 컴퓨터들에게는 별도의 자리가 필요했다. 서쪽 지구 계산부에서 일하는 여성들은 랭글리 항공 연구소에서 일하는 유일한 흑인 여성 전문가들이었다. 흑인 여성이라는 이유로 특별히 배제된 것은 아니었지만 그렇다고 완전히 소속됐다고 할 수도 없었다. 구내식당의 뒤편에 있는 테이블 위에는 '유색 인종 컴퓨터 전용'이라고 적힌 흰색 표지판이 놓여 있었다. 구내식당 안에 있는 유일한 표지판이었다. 다른 사람들에게는 고정 자리가 필요 없었다.

흑인들에게 이러한 종류의 모욕은 너무나 흔했다. 흑인들은 백인들의 인종 차별에 이력이 나 있었다. 마음속으로는 이를 거부한다 하더라도 생활을 이어 나가려면 어쩔 도리가 없었다. 물론 이러한 상황을 예상하지 못했던 것은 아니었다. 그렇지만 자신의 지적 능력을 인정받고 입사하게 된 연구소에서까지 이러한 표지판을 마주치니 더 모욕적으로 느껴졌다.

서쪽 지구 컴퓨터들은 표지판을 그냥 무시하려고 애썼다. 표지판을 한쪽으로 치우고서 마치 표지판이 없는 것처럼 행동했다. 흑인 여성들은 사무실에서 모두 평등함을 느꼈다. 하지만 구내식당과 화장실에서 '유색 인종' 표지판을 마주칠 때는 그렇지 않았다. 유색 인종 표지판은 어떤 사람들은 다른 사람들보다 특권을 가졌다는 사실을 자꾸 상기시켰다.

마침내 미리엄 만이라는 여성 수학자가 구내식당 표지판을 더 이상 보고만 있을 수 없다고 마음먹었다. 키가 150센티미터도 채 안 되는 그녀가 의자에 앉으면 발이 바닥에 닿을락 말락 했다. 그러나 그녀는 작은 체구와는 달리 겁이 없고 대담한 성격을 가지고 있었다.

도로시와 서쪽 지구 컴퓨터들은 미리엄이 표지판을 낚아채서 핸드백에 넣는 것을 지켜봤다. 그녀의 작은 행동 덕분에 그들은 약간 불안하면서도 한편으로 새로운 힘을 얻는 듯한 느낌을 받았다.

그러나 다음 날 표지판은 다시 등장했다.

미리엄은 다시 그것을 치웠다.

이런 일이 몇 주 동안 반복됐다. 때때로 표지판은 며칠 혹은 일주일 동안 종적을 감췄다. 더 오랫동안 보이지 않을 때도 있었다. 그렇지만 매번 표지판은 결국 똑같이 생긴 표지판으로 되돌아왔다.

랭글리 구내식당에서 표지판 드라마가 펼쳐지고 있는 동안 법정에서는 중요한 시민권 소송이 펼쳐지고 있었다. 볼티모어에 있는 비행기 제조사인 글렌 L. 마틴 사의 직원인 아이린 모건은 비행기 생산 라인에서 일했다. 1944년 여름, 모건은 그레이하운드 버스를 타고 자신의 고향, 글로스터 카운티를 찾았다. 그리고 다시 볼티모어로 돌아가는 길의 버스에서 뒤편으로 이동하는 것을 거부했다는 이유로 체포됐다. 미국 흑인 지위 향상 협회인 NAACP의 법률 방어 기금은 모건을 변호했다. 그리고 마침내 1946년 미국의 대법원은 주와 주 사이를 오가는 버스에서 인종 분리 정책을 시행하는 것은 불법이라는 판결을 내렸다.

서쪽 지구 계산부의 여성들이 구내식당에 있는 표지판을 가지고 법석을 떤 데에는 이유가 있었다. 랭글리 항공 연구소 밖에서는 거리에서 그리고 법정에서 시민권 투쟁이 격렬하게 벌어지고 있었다.

"표지판을 핑계 삼아 당신을 해고할 거야." 미리엄의 남편이 말했다.

그러나 미국에서 흑인으로 살아간다는 것은 싸워야 할 때와 물러서야 할 때에 대해 끊임없이 결정을 내려야 하는 것을 의미했다. "그렇다면 그들도 그래야만 할 이유가 있겠지." 미리엄이 말했다.

숫자는 피부색을 따지지 않는다

미리엄과 그녀의 남편은 햄프턴 대학 근처에 살았다. 도로시가 살고 있는 곳에서 그리 멀지 않은 곳이었다. 햄프턴 대학은 흑인들이 다니는 학교였지만 총장과 많은 교수들은 백인이었다. 총장인 말콤 매클린은 햄프턴 대학이 전쟁 물자 보급에 더욱 헌신적으로 참여해야 한다고 생각했다.

햄프턴 대학은 총장의 지휘 아래 '미 해군 훈련소'를 열고 캠퍼스를 활기 넘치는 군사 기지로 탈바꿈시켰다. 헌병대가 학교 정문을 지키고 운동장을 순찰하였다. 전국 각지에서 온 천 명이 넘는 흑인 해군 신병들은 이 학교로 보내져서 비행기와 보트 엔진을 수리하는 법을 배웠다.

또한 햄프턴 대학은 정부를 위해 일하고 미국이 전쟁에서 승리하도록 돕고 싶은 사람들을 위해 공학, 과학, 전쟁 관리 훈련 프로그램을 제공했다. 랭글리 항공 연구소 서쪽 지구 컴퓨터를 포함해 수많은 남성들과 여성들은 햄프턴 대학의 강의실에 빽빽이 모여서 전파 통신 공학부터 화학과 공학에 이르기까지 많은 것을 배웠다. 1942년에 햄프턴 대학에서 열린 국가 전시 노동 콘퍼런스에서 매클린 총장은 참석자들에게 제2차 세계대전이 '소수 집단을 위한 역사상 가장 중요한 전환점'이 될 것이라고 말했다.

지역의 많은 백인들은 매클린 총장의 진보적인 생각을 인정하지 않았다. 그들은 특히 백인인 매클린 총장이 흑인들과 스스럼없이 어울리는 것을 못마땅하게 여겼다. 매클린 총장은 여러 연설에서 백인 대학에게 흑인 교수를 채용하라고 권했다. 그는 총장 관사에 흑인들과 백인들을 함께 초대하기도 했다. 심지어 학교 댄스파티에서 흑인 여학생과 춤을 춰서 스캔들을 일으키기도 했다. 그러나 매클린 총장은 '더블 브이'를 굳게 믿었고 흑인들이 미국 사회에서 앞을 향해 더 나아갈 수 있도록 돕고 싶어 했다.

랭글리 항공 연구소 공학자들 대부분은 인종 통합 문제에 대해 갈등을 느꼈다. 이들은 흑인 동료들을 자신의 집에 초대할 생각은 없었을지 몰라도 사무실에서는 우호적이었다. 여성 직원들에게도 같았다. 공학자들은 해야 할 일이 많을 때면 망설이지 않고 흑인이든 백인이든 남성이든 여성이든 상관없이 가장 똑똑한 사람에게 답을 찾게 했다.

여성 공동체

랭글리 항공 연구소 서쪽 지구의 컴퓨터들은 자신들이 백인 수학자들과 다르지 않거나 혹은 더 뛰어나다는 사실을 증명해야 한다고 생각했다. 이들은 인종 차별을 넘어서기 위해 백인 경쟁자보다 최소 두 배는 더 뛰어나야 한다고 생각했다.

서쪽 지구 컴퓨터들은 자신들이 흑인이거나 여성이라는 이유만으로 열등한 존재로 취급받을 수도 있다는 가능성을 철저히 거부했고 자매처럼 한데 똘똘 뭉쳐 서로의 일을 도왔다. 이들은 서로의 작업 결과를 재확인해 주고 지각이나 후줄근한 외모, 근무 태도 등을 지적받지 않기 위해 서로서로를 미리 단속했다. 이들은 흑인에 대한 부정적인 고정 관념에 맞서 싸웠다. 자신들이 그저 단순한 개인이 아닌 더 큰 무언가를 상징한다는 사실을 잘 알고 있었기 때문이었다.

미리엄 만과 흑인 여성들은 전쟁 중의 어느 시기에 '유색 인종 컴퓨터'라는 표지판이 구내식당에서 완전히 사라진 것을 알고 기뻐했다. 여전히 사무실은 분리돼 있고 화장실도 따로 써야 했지만 '서쪽 지구 구내식당 전투'는 결판이 났다.

표지판이 없어도 서쪽 지구 컴퓨터들은 여전히 같은 테이블에 앉아서 함께 점심식사를 했다. 그렇지만 이제는 굴욕적인 표지판을 힐끔거릴 필요가 없었다. 다른 이들처럼 편하게 식사와 대화를 즐길 수 있었다.

서쪽 지구 계산부의 초기 시절에 시작된 동료 대부분은 평생 좋은 친구로 남았다. 도로시 본, 미리엄 만, 그리고 서쪽 지구 계산부의 다른 많은 여성들은 직장 안팎에서 모두 여성 공동체를 이루었다. 수학적 재능을 가진 젊고 야심 찬 여성들에게 세상에 이보다 더 좋은 직장은 없었다.

군용 비행기

흑인들은 터스키기 항공대에 관한 신문 기사라면 하나도 빠뜨리지 않고 주의 깊게 읽었다. 터스키기 항공대는 제2차 세계대전 동안 맹활약을 펼친 흑인 전투 비행단이었다. 이들의 생명은 다른 비행사들과 마찬가지로 자신이 모는 비행기의 강점과 약점을 잘 파악하고 어떤 선택을 하는지에 달려 있었다. 1944년 여름, 332 전투 비행단 소속 항공병들은 노스아메리칸 P-51 머스탱 전투기를 몰았다.

"'조종사를 위한 비행기'라고 하면 가장 적합합니다." 〈워싱턴 포스트〉 신문 첫 면 기사에서 한 군장교가 말했다. "엄청 빠른 데다 높은 속도에서도 아름답게 움직이죠." 4개의 날로 된 커다란 프로펠러와 롤스로이스 멀린 엔진을 장착한 머스탱 전투기는 시속 640킬로미터로 하늘을 가로질렀다. 터스키기 항공병들과 많은 조종사들은 머스탱이 세계 최고의 비행기라고 생각했다.

"하늘로 데려가고, 임무를 다하게 도와주고, 그다음엔 안전하게 땅으로 데려올게요." 머스탱은 충직한 경주마가 기수

1942~1943년 무렵의 터스키기 항공대. 장소 불확실.
미 공군 제공

에게 약속하듯이 조종사들에게 약속했다. 그리고 도로시 본은 머스탱이 이 약속을 잘 지키도록 돕는 일을 날마다 하고 있었다.

비밀 병기

도로시는 친구와 가족들에게 자신의 일에 대해 자세히 이야기할 수가 없었다. NACA는 항공기로 독일을 이기고 싶어 했다. 목표물을 정확히 파괴할 수 있는 전투기를 만드는 방법과 기술 발전으로 군사적 우위를 점하는 방법 두 가지를 병행해서 말이다. 랭글리 항공 연구소는 미국의 가장 강력한 병기 중 하나였다. 버지니아 주 남쪽에 있는 작은 도시의 평범한 풍경 속에 감춰진 비밀 병기였다.

전쟁터에서 싸우는 머스탱 전투기의 활약은 연일 신문의 첫 면을 장식했다. 그러나 서쪽 지구 컴퓨터들과 연구소의 다른 직원들이 매일 하는 일은 민감한 기밀로 다뤄지기도 했다. 상관들은 부하 직원들에게 군인으로 위장한 스파이나, 연구소 직원에게서 중요한 정보를 빼내려는 사람을 매 순간 조심하라고 일렀다. NACA가 발행하는 뉴스 레터인 〈에어 스쿱〉도 강조했다. "당신이 누군가에게 말하면 그 사람은 또 누군가에게 말하고, 그러다가 당신이 아는 '누군가'가 죽을 수도 있다!"

랭글리 항공 연구소의 직원들은 이 경고를 심각하게 받아들였다. 혹여 자신이 하는 일에 대해 떠벌리고 싶다 해도 연구소 밖에서는 마땅한 사람을 찾기 힘들었다.

지역 사람들은 랭글리 항공 연구소의 직원들을 이상하게 생각했다. 이들은 다른 지역의 생소한 억양을 사용했다. 게다가 잔뜩 구겨진 셔츠를 입고 넥타이도 매지 않고 다녔다. 거기에 샌들을 신고 다니거나 수염을 덥수룩하게 기르고 다녔다. 지역 주민들은 랭글리연구소 직원들을 'NACA 괴짜들'이라고 불렀다. 더 예의가 없는 사람들은 '미치광이'라고 부르기도 했다.

"무엇이 비행기를 날게 할까?"

랭글리 항공 연구소에서는 새로운 발견과 발명이 매우 빠른 속도로 이루어졌다. 많은 사람들은 이 연구소에서 일하는 것이 세계에서 가장 좋은 공학 학교에서 공부하는 것과 비슷하다고 여겼다. 직원들은 현장 연수를 받을 뿐만 아니라 더 좋은 비행기를 설계하는 방법을 깊이 이해할 수 있도록 수학과 물리학, 기타 과목의 수업을 들을 수 있었다.

도로시도 예외는 아니었다. 랭글리 항공 연구소는 여성 수학 교사들을 차세대 공학자들로 만들기 위해 공학 물리학 단기 집중 강의를 개설했다. 도로시와 신입 수학자들은 일주일에 2일씩 근무 시간 후에 항공 역학의 기초 이론을 배우는 강의를 들었다. 항공 역학은 공기 사이로 움직이는 물체를 연구하는 학문이다. 또한 일주일에 2시간씩 풍동에서 실제 훈련을 위한 수업도 들었다. 이들은 일주일에 6일을 근무하는 것도 모자라 일주일에 평균 4시간씩 개인 숙제를 해야 했다.

'무엇이 비행기를 날게 할까?' 도로시는 하루 종일 스스로에게 물었다. 도로시는 지금껏 비행기를 조종해 본 적도, 이 질문에 대해 진지하게 생각해 본 적도 없었다. 도로시는 랭글리 항공 연구소에서 들은 강의를 통해 항공 역학의 기초를 처음 배웠다. 날개가 공기를 가르며 움직이면 공기는 두 부분으로 분할된다. 날개 아래에서는 공기 흐름이 더 느리게 움직이고 날개 위에서는 공기 흐름이 더 빠르게 움직인다. 이 현상은 두 개의 서로 다른 압력을 만들어 내고 이 압력의 차이가 양력, 즉 비행기가 하늘을 날게 하는 힘을 만든다. 날개가 하늘로 날아오를 수 있게 마법 같은 힘을 만들어 내는 것이다.

일단 공기가 비행기 주위를 부드럽게 흐르도록 유지하는 것이 매우 중요하다. 난기류나 갑작스러운 돌풍과 맞닥뜨리면 비행기를 통제하기 힘들어진다. NACA가 이룬 가장 큰 성취 중 하나는 비행기가 공기 사이에서 수월하게 움직일 수 있는 날개를 설계한 것이었다.

오늘날 우리는 이러한 결과들을 당연하게 생각하지만 이 결과 하나하나에는 수많은 실험과 수학적 계산이 필요했다.

물론 행운도 따라 줘야 했다. 최초의 개발자들은 몇 가지 가설을 세우고, 비행기를 만들고, 비행기를 하늘에 띄웠다. 이 과정에서 다행히 생명을 잃지 않으면 자신이 알게 된 사실들을 그다음 실험에 적용했다.

도로시가 근무하던 시기에는, 비행기 설계를 수정하는 임무가 항공 공학자와 테스트 조종사에게 맡겨졌다. 테스트 조종사들은 비행기를 직접 조종하면서 그 비행기의 약점을 알아냈다. 조종사들이 비행기를 한계까지 밀어붙일 때마다 새로운 데이터가 만들어졌다. 그리고 이 데이터는 뛰어난 비행기를 훨씬 더 뛰어나게 하는 데 사용됐다. 또한 조종사들은 매우 비싼 장비는 물론 자신의 목숨을 잃을 수도 있는 위험을 무릅써야 했다.

연구자들은 테스트를 위해 풍동을 개발했다. 풍동은 비행기를 실제로 하늘에 날리지 않고 테스트할 수 있는 터널이었다. 단순하게 설명하자면 강한 바람을 내뿜는 선풍기를 단 커다란 상자와 같았다. 풍동의 기본 아이디어는 정지해 있는 물체 주변에 특정한 속도의 공기를 흐르게 하면 공기 사이로 물체가 같은 속도로 움직이는 것과 비슷한 원리이다.

공학자들은 실물 크기의 비행기, 축소 모형, 혹은 날개나 몸통 같은 개별 부위들 위로 공기를 쏘았다. 그러고선 공기가 물체 주변으로 어떻게 흐르는지 자세히 관찰했다. 또 그 물체가 공기 사이로 어떻게 날지를 가늠해 봤다. 랭글리 항공 연구소는 다양한 풍동을 건설해서 비행기의 구체적인 특징을 테스트했다. '실물 크기 풍동'이라고 불리는 풍동도 있었는데 이 풍동은 실제 비행기가 들어갈 수 있을 정도로 충분히 널찍했다.

그러나 풍동 실험은 많은 전력을 필요로 했다. 이 때문에 풍동을 가동하는 것은 연구소 입장에서 단순한 문제가 아니었다. 전시 동안 전력 회사가 전기를 제한했기 때문이었다. 연구소라고 해도 예외는 아니었다.

NACA는 꼭두새벽에 테스트를 하는 방법으로 문제를 해결했다. 랭글리 항공 연구소 근처에 사는 사람들은 모두가 잠들어 있을 시간에 들려오는 풍동의 굉음 때문에 투덜거렸다. 여러 어려움에도 불구하고 실제 상태와 매우 비슷한 풍동을 건설한 것은 NACA가 커다란 성공을 거둔 핵심 비결 중 하나였다.

뛰어난 비행기를 훨씬 더 뛰어나게 만들기

전 세계에서 풍동을 이용한 연구에서 얻은 데이터의 품질과 다양성에 관해서는 랭글리 항공 연구소를 따라올 조직이 없었다. 비행기가 잘 난다거나 못 난다는 말로는 설명이 부족했다. 공학자들은 비행기가 작동하는 방식을 측정하려 애썼고 마침내 9페이지로 된 체크 리스트를 개발했다. 이러한 실험들을 통해 데이터가 만들어졌다. 그리고 아주 많은 숫자들이 생겼다. 이 숫자들은 도로시와 여성 컴퓨터들의 책상으로 넘겨졌다.

비행기는 다양하고 복잡한 임무들을 수행하는 복잡한 기계였다. 비행기의 이름이나 설계는 그 비행기의 용도를 반영했다. 전투기 또는 추격기라고 불린 비행기에는 알파벳 F나 P를 붙였다. 알파벳 C는 군사 물품과 병력을 운송하기 위해 만든 화물 수송기를 뜻했다. B는 폭격기를, X는 아직 개발 중인 실험 비행기를 나타냈다. X 딱지를 뗀 비행기들은 생산에 들어갔다. 예를 들어 B-29는 XB-29의 마지막 버전이었다.

공학자들은 비행기의 각 버전을 그 이전 버전보다 더 뛰어나고 안정적으로 만들기 위해 열심히 노력했다. 크고 작은 새로운 발견들이 비행기의 속도, 기동성, 안전성을 향상시켰다.

B-29는 제2차 세계대전 동안 사용된 폭격기였다.
제2차 세계대전 동안 설계된 항공기 중 가장 비싼 항공기였다.
미 공군 제공

1945년, 제2차 세계대전이 절정에 달할 무렵, 공장에서 생산되던 미국 군용 비행기의 거의 대부분은 NACA의 연구 결과와 권고를 바탕으로 하고 있었다.

풍동에서 생성됐든 테스트 비행이나 이론적 모형을 통해 생성됐든 모든 데이터는 마지막으로 여성 컴퓨터들의 손에 넘겨졌다. 그녀들은 자신의 날카로운 정신과 날카로운 연필로 숫자들이 의미하는 바를 알아냈다. 숫자 몇 개를 들여다보는 수준이 아니었다. 극도로 큰 숫자들의 조합들을 다뤄야 했다. 이 숫자들을 이용하여 비행기가 작동하는 패턴이나 흐름을 찾아내야 했다. 도로시와 연구소의 다른 여성들이 하는 계산들은 매우 큰 임무의 일부분이었다. 연구소는 빠르고, 효율적이고, 정확한 처리를 위해 업무를 작은 부분으로 쪼갰다. 업무가 컴퓨터들의 책상에 도달할 때는 그냥 방정식들과 숫자들의 조합일 때가 많았다. 때때로 이들은 어떤 종류의 비행기를 테스트하고 있는지 혹은 공학자들이 이 연구로부터 알아내고 싶은 것이 무엇인지도 정확히 알지 못했다. 여성 컴퓨터가 특정한 임무를 끝내고 나면 계산 결과가 공학자들에게 전달됐다. 그리고 공학자들은 그 계산 결과를 이용하여 비행기의 설계로 발전시켰다.

컴퓨터들이 하는 일은 반드시 필요한 일이었지만 크게 빛나는 일은 아니었다. "만약 누군가가 당신에게 원한이 있다면 당신을 컴퓨터로 만들 것이다." 〈에어 스쿱〉의 한 칼럼이 농담을 던지기도 했다. "왜냐하면 당신이 아무리 기발하고 영광스러운 일을 수없이 하더라도 결과는 공학자의 공으로 남을 것이기 때문이다. 그렇지만 만약 그가 실수를 하거나 계산을 틀린다면 모든 실수를 당신의 탓으로 돌릴 것이다. 그리고 이렇게 말할 것이다. '여자 컴퓨터들에게 뭘 기대할 수 있겠어?'"

그렇지만 때때로 중요한 성과를 거둘 때면 모든 사람이 공로를 인정받기도 했다. 보잉 B-29의 개발이 완료됐을 때처럼 말이다. 이 요새는 미국의 기술 발전과 적을 파괴할 수 있는 능력의 상징물이 됐다. "연구소 안의 모든 사람들이 일본 폭격에서 자기 역할을 훌륭히 해냈습니다." NACA 국장이 연구소 직원들에게 말했다. "보조를 한 공학자들, 자기 임무를 다 한 정비공과 모형 제작자들, 데이터를 분석한 컴퓨터들, 결과를 타이핑하고 또 타이핑한 비서들, 풍동을 실험에 적합하도록 깨끗하게 유지한 관리인과 청소부들. 이들 모두가 일본을 최종 폭격하는 데 기여했습니다."

도로시는 자신의 임무가 전쟁의 결과에 영향을 주고 있다고 생각했다. 도로시는 어떻게 B-29가 하늘 높은 곳에서 일본에 조준 폭격을 할 수 있었는지에 대한 뉴스 기사를 읽었다. 도로시는 자신의 일이 예상했던 것보다 더 치열하고 더 흥미진진하다는 사실을 깨달았다. 전쟁이 지속되는 동안 계속 랭글리 항공 연구소에 머물고 싶었다. 아니 가능한 오랫동안 머물고 싶었다. 의심의 여지가 없었다. 도로시 본은 이제 'NACA 미치광이들' 중 한 명이었다.

지속성

도로시는 햄프턴의 새 직장을 사랑했다. 나라를 돕고 있다는 사실이 자랑스러웠다. 하지만 한편으로는 아이들이 몹시 그리웠다. 때때로 하루 18시간을 일해야 했고, 해야 할 일이 너무 많았다. 그래서 휴가 때 말고는 아이들이 있는 집으로 돌아가기 힘들었다. 게다가 팜빌에 있는 고향 집의 현관문에 들어설 때면 바로 뉴포트뉴스로 돌아가야 할 것 같은 기분이 들었다. 한군데 정착하지 못하고 왔다 갔다 해야 하는 생활이 그녀를 지치게 했다. 도로시는 더 지속 가능한 무언가를 원했다.

랭글리 항공 연구소에서 일하는 대부분의 컴퓨터들처럼 비정규 계약직이었다. 연구소가 언제 정규직을 제안할지, 제안을 하긴 할 것인지 정확히 알 수 없었다. 그러나 도로시는 자신이 원하는 미래가 무엇인지는 잘 알고 있었다. 1944년 7월, 도로시는 뉴섬파크에 침실 2개짜리 아파트를 임대했다. 도로시는 아이들과 함께 뉴포트뉴스에서 영원히 살고 싶었다. 이 아파트는 그 첫걸음이 될 터였다.

그렇지만 적당한 집을 찾기가 쉽지 않았다. 점점 늘어나는 흑인 인구만큼 주택이 충분하지 않았다. 도로시는 지난 9개월 동안 살았던 곳 근처의 동네를 선택했다. 그곳에는 소득 수준이 서로 천차만별인 다양한 흑인 계층이 살고 있었다. 가정부가 의사 옆집에 살고, 변호사가 공장 노동자 옆집에 살고, 영세 자영업자가 수학자 옆집에 살았다. 그런데도 모든 사람이 똑같이 환영받았다. 도로시의 새집은 같은 구획 안에 있는 1,199채의 다른 집들과 완전히 똑같이 생겼다.

뉴섬파크는 스트레스가 많은 환경에서 오랜 시간 일해야 하는 노동자들을 위해 설계됐다. 뉴섬파크 주민들은 동네에 주방과 연회장, 동아리 모임 공간, 농구장과 테니스장이 딸린 주민 센터가 있다는 사실에 매우 만족스러워했다. 심지어 야구장도 있었다. 게다가 쇼핑센터에는 식료품점, 약국, 이발소, 세탁소, 텔레비전 수리점도 있었다. 유치원과 새로 생긴 초등학교는 도로시의 아파트에서 걸어갈 수 있을 만큼 가까웠다.

그러나 도로시의 시어머니는 이사를 막으려고 애썼다. "아이들을 데려가지 말아다오." 시어머니가 도로시에게 말했다. 도로시는 자신이 떠나 있던 동안 아이들을 정성껏 돌봐준 시어머니에게 진심으로 고마웠다. 하지만 이제는 아이들과 가까이 있고 싶었다.

도로시가 팜빌을 떠난 지 1년 후, 아이들은 뉴섬파크의 아파트로 이사했다. 아이들은 1944년 가을부터 뉴섬파크 초등학교에 다니기 시작했다. 도로시의 남편은 계속 여러 호텔의 벨 맨으로 일하면서 이곳저곳 옮겨 다녔다. 시간이 날 때면 집에 돌아왔지만 그다지 오래 머물지는 않았다.

일본에 대한 승리

1945년, 버지니아 주 남동부에 사는 사람들 10명 중 5명은 정부를 위해 일하고 있었다. 주택 개발 단지는 사방으로 뻗어 나갔고 전쟁 산업을 중심으로 지역 공동체가 만들어졌다. 그렇지만 사람들은 전쟁이 끝나고 평화의 시기가 찾아오면 이 도시가 어떻게 될지 의문을 품기 시작했다.

의문에 대한 답은 V-J 데이, 즉 대일 전승 기념일에 찾아왔다. 1945년 8월 14일 저녁 7시, 뉴스 프로 진행자들은 일제히 제2차 세계대전이 끝났다고 발표했다. 군인들과 시민들이 거리로 쏟아져 나왔다. 자영업자들은 가게 문을 걸어 잠그고 나와 밤새 축하 행렬에 함께했다. 사람들은 거리를 따라 행진했고 노동자들은 서로 손을 맞잡고 인간 사슬을 만든 채 빙글빙글 돌며 춤을 췄다. 즉석에서 만든 색종이 조각들이 건물 창문에서 거리로 흩뿌려졌다.

그렇지만 축하 행사와 파티의 열기가 가라앉고 나자 불확실성에 대한 불안이 서서히 고개를 쳐들었다. 대일 전승 기념일 후 3주가 지나자 〈노퍽 저널 앤드 가이드〉 신문은 뉴포트 조선소에서 1,500명이 해고되고, 흑인과 백인 모두를 포함하여 여성 노동자가 크게 줄어들 것이라고 보도했다. 고향으로 돌아온 군인들이 일자리에 대해 우선권을 가지게 될 것으로 예상됐다.

전쟁에 참여했던 남성들이 돌아오자 여성 노동자들에 대한 수요도 크게 줄어들었다. 흑인과 백인 모두 합쳐 2백만 명의 미국 여성이 해고 통지서를 받았다. 전쟁이 공식적으로 끝나기도 전이었다.

어떤 여성들은 고향으로 돌아가고 싶어 했다. 하지만 어떤 여성들은 일자리와 급여를 놓치고 싶지 않아 했다. 밥을 하고 아이를 키워야 하는 여성의 전통적 역할로 돌아가고 싶지 않았던 것이다. "많은 남성들은 연약하고 자그마했던 아내가 독립적인 여성으로 훌쩍 성장해 있는 사실을 발견하게 될 것이다." 〈뉴퍽 저널 앤드 가이드〉 신문의 한 여성 칼럼니스트가 말했다.

전후의 차별

대일 전승 기념일이 지나자마자 일부 고용주들은 흑인을 고용하지 않던 예전으로 다시 돌아갔다. 노동 시장이 급격하게 변하면서, 흑인들의 경제적 안정성을 만들고 지키려 했던 흑인 지도자들의 꿈이 서서히 물거품이 되기 시작했다.

해리 F. 버드는 인종 분리 정책을 지지한 백인 분리 주의자였다. 해리 버드는 1926년~1930년에 버지니아 주의 주지사를, 1933년~1965년에 버지니아 주의 민주당 상원 의원을 지냈다.

미국 의회 도서관 제공

버지니아 주의 민주당 상원 의원인 해리 버드만큼 흑인 고용 정책 도입을 심하게 반대하는 사람도 없었다. 해리 버드는 흑인 고용 정책을 '역사상 가장 위험한 발상'이라고 말했다. 버드의 가문은 과수원을 경영하고 신문사를 설립했었고 인종 분리 정책을 종교와도 같이 신봉했다. 그는 모든 인종의 가난한 사람들을 서로 분리시키는 정치 조직을 운영했다.

다른 많은 사람들처럼 도로시도 다시 이전의 삶으로 돌아가고 싶지 않았다. 도로시는 자신의 일자리를 지키고 새로운 삶을 계속 이어가야겠다고 다짐했다.

상당히 위험한 도박이었다. 도로시는 정규직으로 전환되기도 전에 뉴섬파크에 아파트를 임대했다. 그녀는 새로운 고향에 뿌리내리는 것을 주저하고 싶지 않았다. 아파트를 잃을 가능성이 있다고 해도 말이다.

그러나 곧 도로시와 이웃들은 일부 공무원들이 뉴섬파크를 철거하고 동네를 재개발하고 싶어 한다는 사실을 알게 됐다.

주민들은 자신들이 어느새 사랑하게 된 뉴섬파크를 두고 정부와 맞섰다. 정부는 뉴섬파크는 '성격상 임시적이지 않았지만 현재는 영구적이지 않다'는 궤변을 늘어놓았다. 뉴섬파크의 주민들은 불확실한 상태에서 살아야 했지만, 자신들의 공동체를 구하기 위해 할 수 있는 일을 다 했다.

도로시의 아이들 또한 새로운 삶에 적응할 시간이 필요했다. 아이들은 소도시의 자유와 커다란 집이 있던 팜빌을 그리워했다. 그렇지만 여러 달이 흐르면서 아이들도 점차 뉴포트뉴스에 적응했다. 도로시는 서쪽 지구 계산부의 동료인 미리엄과 매우 가깝게 지냈다. 이들은 직장에서도 가정에서도 서로 친한 친구였고 하나의 대가족처럼 지냈다.

어느 날 도로시와 미리엄은 유명한 흑인 가수인 메리언 앤더슨이 햄프턴 대학에서 공연을 한다는 사실을 알게 됐고 두 가족이 함께 공연을 보러 갔다.

공연 당일, 도로시는 아이들이 앤더슨의 아름다운 목소리에 넋을 잃은 모습을 바라봤다. 도로시는 모두가 이 순간을 영원히 잊지 못할 것이라고 생각했다. 뉴포트뉴스는 이제 모두의 새로운 고향이었다.

장벽을 부수다

도로시와 그녀의 남편은 주말이나 휴가 때만 가끔 만날 수 있었다. 이들은 아이 둘을 더 가졌고 나중에 태어난 두 아이들에게는 뉴섬파크가 유일한 고향이었다.

도로시는 집에 머물면서 어린아이들을 돌보고 싶었지만 아이들이 어느 정도 커서 엄마 손이 아닌 보모들에게 보살핌을 받아도 되는 시기가 되면 가능한 한 빨리 직장에 복귀하고 싶었다. 따져 볼 필요도 없었다. 랭글리 항공 연구소의 일자리는 도로시의 가정을 경제적으로 안정되게 해 줬다.

도로시와 아이들에게는 서쪽 지구 계산부 출신의 친구들이 팜빌의 이모들과 삼촌들, 그리고 사촌 형제들의 자리를 대신해 주었다. 서쪽 지구 계산부 사람들은 여름이면 로그 캐빈 해변으로 피크닉을 가는 전통을 새로 만들었다.

로그 캐빈 해변은 나무가 우거진 휴양지였고 제임스 강이 내려다보이는 위치였다. 오로지 흑인들만을 위해 별도로 만들어진 해변이었다.

도로시는 햄프턴에 있는 베이쇼어 해변보다 로그 캐빈 해변을 더 좋아했다. 베이쇼어 해변은 백인 전용의 해변과 밧줄을 기준으로 나뉘어 있었다. 그렇지만 로그 캐빈 해변에서는 '유색 인종' 표지판 없이, 백인들의 눈치를 보지 않고도 야외 활동을 맘껏 즐길 수 있었다.

도로시는 랭글리 항공 연구소에서 꽤 많은 급여를 받았다. 연봉 2,400달러로, 이 금액은 1940년대에 흑인 여성들이 받던 평균 급여의 두 배였다.

랭글리 항공 연구소는 전쟁 동안 24시간 내내 가동했고 도로시는 오후 3시부터 밤 11시까지 일하면서 낮에는 가족을 돌보고 밤에는 숫자와 씨름했다. 서쪽 지구 컴퓨터들의 대부분은 직장에 계속 다니기로 결정했다. 오히려 1945년에는 서쪽 지구 계산부의 규모가 더 커져서 원래의 사무실에서 새로 지은 '항공 화물 분류 건물'의 1층에 있는 널찍한 두 개의 사무실로 자리를 옮겼다.

도로시는 여섯 아이를 부양해야 했기 때문에 휴가를 자주 즐길 수는 없었다. 도로시는 매우 검소했다. 자신의 옷과 아이들의 옷을 직접 바느질하여 고쳐 입었고, 할인권을 꼬박꼬박 모으고, 신발이 너무 낡아 밑창으로 발이 삐져나올 때까지 신발을 신었다.

도로시는 아이들에게 헌신했다. 직장에서 집으로 돌아오면 아무리 피곤해도 가족을 위해 저녁을 만들었다. 식탁에 식사 준비를 해 놓고 나서는 아이들이 밥을 다 먹을 때까지 동네를 한 바퀴 돌았다. 그러고 나선 아이들이 남긴 음식을 먹었다. 도로시는 아이들이 필요한 만큼 충분히 먹었다는 사실을 확인하기 전에는 음식을 입에 대지 않았다.

정규직

전쟁이 끝나면 햄프턴로즈 지역 경제가 무너질 것이라는 예측은 맞지 않았다. 전쟁 이후 방위 산업의 인기가 일었고 수십 년 동안 호황이 이어졌다.

햄프턴로즈는 군사적으로 매우 중요한 지역이 됐다. 전쟁 후에, 해군 항공 사령부의 본부로서 노퍽 해군 기지가 설립됐다. 그다음으로 뉴포트뉴스에 육군 수송 학교가 세워졌고 포츠머스에 미 해안 경비 기지가 생겼다. 1946년, 미 육군은 랭글리 필드를 전술 공군 사령부 본부로 만들기로 결정했다. 그다음 해에 육군 항공대는 미국 공군이라는 이름으로 독립되었다.

전쟁 직후 랭글리 항공 연구소에서 일하는 사람들의 수가 줄어들었다. 대부분의 사람들은 자발적으로 떠났고 은퇴를 하거나 다른 직장을 얻었다.

많은 여성 컴퓨터들은 연구소를 떠나 가정으로 돌아가거나 연구소에서 함께 일했던 남성과 결혼했다. 연구소 직원 뉴스 레터인 〈에어 스쿱〉에는 약혼 소식과 결혼 소식이 끊이지 않았다.

뉴스 레터에서 또 하나 눈에 띄는 것은 아이 출산 소식 코너였다. 여성들은 가정 안의 의무와 장기 근속 사이에서 균형을 잡는 방법을 찾아야만 했다. 어떤 여성들은 잠시 휴직을 하고 아기를 돌봤고 어떤 여성들은 완전히 일을 그만뒀다. 그렇지만 항공 산업이 미국 경제와 군사에 점점 더 중요해지고 있었다. 랭글리 항공 연구소는 재능 있는 컴퓨터들을 언제까지고 필요로 할 것처럼 보였다.

1947년, 랭글리 항공 연구소는 동쪽 지구 계산부를 해체하고 그곳에서 일하던 백인 여성들을 풍동에서 일하도록 했다. 동쪽 지구 계산부에서 하던 모든 일은 서쪽 지구 계산부에 맡겨졌다. 일이 더 늘어났기 때문에 서쪽 지구 계산부는 늘 바쁠 수밖에 없었다.

랭글리 항공 연구소가 도로시를 계속 컴퓨터로 고용하고

1960년대, 랭글리 항공 연구소에서는 흑인 여성들과 백인 여성들이 함께 계산 업무를 했다.
NASA 랭글리 연구 센터 제공

싫어 하는 것도 무리가 아니었다. 지난 3년 동안, 도로시는 실수 없는 결과물을 만들어 냈고 아무 불평 없이 최종 마감일을 지키는 방법으로 자신의 능력을 증명했다. 도로시는 늘 좋은 평가를 받았고 마침내 한 근무조의 감독관으로 승진했다. 도로시는 이제 25명으로 늘어난 서쪽 지구 계산부의 3분의 1을 관리하게 되었다.

전문화

랭글리 항공 연구소의 남성들은 일반적으로 차석 공학자로 입사하여 자신만의 실험을 설계했다. 공학자들은 신입 남성 직원들을 아래에 두고 업무 방식을 직접 가르쳤다.

반면, 여성들은 사람들의 낮은 기대치를 극복하기 위해 훨씬 더 열심히 일해야 했다. 계산부에서 일하는 여성은 연구에서 한 발짝 떨어져 있어야 했다. 공학자는 컴퓨터로 일하는 그녀들에게 업무에 대해 구체적으로 알려주지 않고 일을 맡겼다. 이 때문에 여성 컴퓨터는 프로젝트 전체에 대해 이해하기 매우 힘들었다.

여성들이 하는 임무는 대부분 공식적으로 이름을 남기지 않았다. 보고서에는 그 프로젝트의 참여한 팀원들의 이름이 올라가기 마련이었다. 그러나 공학자와 함께 일하며 연구 보고에 직접적으로 관여한 여성조차도 최종 보고서에 자신의 이름을 올릴 수 없었다. 공학자들은 이 문제를 별로 중요하게 생각하지 않았다. 남성이고, 백인이며, 공학자인 그들이 생각하기에 컴퓨터는 그저 한 여성에 불과했기 때문이다. 또한 많은 남성은 여성이 자신들과 똑같이 능력을 인정받고 싶은 욕구가 있다는 사실을 몰랐고 알려고도 하지 않았다.

때때로 공학자가 여성 컴퓨터의 작업 결과에 크게 감동을 받아 그녀에게 자신과 함께 풍동 팀에서 일하지 않겠느냐고 제안하기도 했다. 여성 컴퓨터에게 이와 같은 제안은 연구에 더 가까이 접근할 수 있는 기회, 항공학의 특정 분야에서 전문적으로 일할 수 있는 기회를 의미했다.

데이터를 처리할 뿐만 아니라 데이터를 해석하는 법을 이해할 수 있는 컴퓨터는 일반적인 계산 업무를 하는 다른 컴퓨터보다 더 중요한 역할을 했다. 전문화는 전후 시대에 점점 더 복잡해져 가는 항공학 연구에 꼭 필요한 핵심 열쇠가 됐다.

충격파음

랭글리 항공 연구소의 많은 공학자들은 한 가지 꿈을 공유했다. 그들은 음속보다 더 빨리 날 수 있는 비행기를 설계하는 것을 꿈꿨다. 연구소에서 일하는 여성들도 예외가 아니었다. 이들 또한 이 흥미진진한 가능성에 대해 꿈꾸었고 이 꿈은 점점 더 현실성을 띠어 갔다.

1947년, 이 꿈을 이루기 위해 2명의 동쪽 지구 컴퓨터들을 포함해 13명으로 이루어진 팀이 미국 서부의 모하비 사막에 고속 비행 연구 센터를 설립했다. 이들의 임무는 단순했다. 세계에서 가장 빠른 비행기를 만드는 것, 바로 음속보다 빨리 날 수 있는 비행기를 만드는 것이었다.

음속은 시속 약 1,225킬로미터이다. 정확한 수치는 기온, 고도, 습도에 따라 달라진다. 이전 과학자들은 음속보다 빨리 비행하는 것은 불가능하다고 생각했다. 그렇지만 그들이 틀렸다!

'마하 1'은 어떤 물체가 음속으로 움직일 때를 가리키는 용어이다. 어떤 물체가 이렇게 빠르게 움직인다면 그 물체 앞에 있는 공기 분자들이 압축되면서 충격파를 형성한다. 채찍을 휘두를 때나 총알이 발사될 때 들리는 소리가 충격파의 한 예이다.

과학자들은 마하 1의 속도로 비행한다면 비행기나 조종사에게 어떤 일이 벌어질지 확신할 수 없었다. 일부 연구자들은 비행기나 조종사가 충격파의 힘에 의해 산산조각 날 것이라고 생각했다. 그렇지만 일부 연구자들의 의견은 달랐다. 답을 알아낼 수 있는 방법은 한 가지뿐이었다. 직접 실험해 보는 것이었다.

1947년 10월 14일, 조종사 척 예거는 NACA가 개발한 실험 연구 비행기. '벨 X-1'을 타고 모하비 사막 위를 수평으로 비행했고 인류 역사상 최초로 음속 장벽을 뚫었다. 비행기는 거대한 소음을 일으켰지만 조종사와 비행기 모두 무사했다. 지

조종사 척 예거가 실험 연구 비행기 '벨 X-1' 옆에 서 있다.
척 예거는 아내의 이름을 따서 이 비행기를 '매력적인 글레니스'라고 불렀다.
미 공군 제공

상에 있던 여성 컴퓨터들은 '벨 X-1' 비행기가 최초의 비행을 하며 전송한 데이터를 확인하는 작업을 했다.

모하비 사막 연구 센터에서 '벨 X-1'의 비행 실험을 도운 여성 컴퓨터들은 이 작업에 대한 공을 인정받았다. 이들은 '컴퓨터'에서 더 높은 직위인 '차석 공학자'로 승진했고 연구 보고서에도 공동 저자로 이름을 올릴 수 있게 되었다. 공학자가 되기 위해 필요한 첫 단계였다. 이것은 여성에게 대단한 성취였다. 매우 중요한 연구에 기여를 했고 이 결과를 만든 팀의 일원이라는 사실을 전 세계 사람들에게 알린다는 의미였기 때문이다.

서쪽 지구 계산부에서 일했던 또 다른 도로시이자 흑인 여성인, 도로시 후버는 계산부를 떠나서 연구 업무를 하며 공학자와 직접 함께 일하는 기회를 잡은 최초의 흑인 여성이었다.

도로시 후버는 아칸소 농업 대학과 메커니컬 앤드 노멀 대학에서 수학 학사 학위를, 애틀랜타 대학에서 수학 박사 학위를 취득했다. 1943년 랭글리 항공 연구소에 입사하기 전에는 수학 교사로 일했었다. 도로시 후버는 추상적 개념과 복합 방정식에 특히 능했다. 그녀는 가장 어려운 문제들을 많이 할당받았고 항상 완벽한 결과물을 내놓았다.

도로시 후버는 강한 독립심을 가진 재능 있는 수학자로서, 모든 이들에게 완벽한 팀원이었다. 능력을 인정받으며 승진을 거듭하면서 그녀의 명성은 점점 더 높아졌다. 그녀는 다른 여성 컴퓨터들이 던지는 질문에는 성실하게 답해 줬다. 또한 복잡한 수학에 대한 조예가 깊었기에 때로는 공학자들보다 더 많은 것을 알고 있기도 했다.

부서장

도로시 본은 서쪽 지구 계산부 안에서 리더 역할을 훌륭하게 해냈다. 1947년, 도로시의 상사 중 한 명이 건강 문제로 한 달 동안 출근하지 못한 일이 있었다. 그다음 해 그 상사는 다시 건강이 안 좋아졌다. 그러다가 1949년 초, 도로시의 상사는 직장에서 이상한 행동을 하기 시작했고 신경 쇠약에 시달리다가 결국 직장을 떠나야만 했다.

이 사건으로 계산부는 당분간을 리더 없이 지내야 했다. 랭글리 항공 연구소의 공학자들은 도로시 본을 계산부 전체의 임시 부서장으로 삼기로 결정했다. 임시직이긴 했지만 랭글리 항공 연구소에서 최초로 흑인 여성이 관리직에 임명된 것이었다.

그 당시에 남성이 여성에게 보고를 한다는 것은 상상도 할 수 없는 일이었다. 언제나 보고를 받는 책임자는 남성들이었다. 관리직에 관심이 있는 여성들은 계산부 중의 분과나 여성 직원들만 있는 분과를 관리하는 정도로 만족할 수밖에 없었다. 그나마도 마지막에는 늘 남성에게 보고해야 했다. 도로시의 새로운 임무는 고등학교 교실의 반장으로 있으면서 교장에게 보고하는 것과 비슷했다.

도로시 본이 '부서장'이라는 타이틀을 완전히 얻는 데는 2년이 걸렸다. 도로시의 남자 상사들은 그녀를 애매한 임시직 상태로 계속 두었다. 랭글리 항공 연구소는 이전에 흑인 관리자가 있던 적이 한 번도 없었고, 따라서 새로운 문을 열어젖히기 전에 망설이고 있는 것일지도 몰랐다. 그러나 도로시는 참을성이 많았다. 마침내 1951년에 한 메모가 연구소 안을 돌면서 도로시의 승진이 공식화됐다.

"그동안 서쪽 지구 계산부의 임시 부서장 역할을 해 온 도로시 J. 본을 전체 계산부의 부서장으로 정식 임명함을 알립니다."

NACA에서 은퇴한 후의 도로시 본.
도로시 본 가족 제공

도로시는 자신 있게 새로운 책임을 맡았다. 서쪽 지구 계산부에서 일하는 많은 여성 컴퓨터들은 이미 도로시가 가장 뛰어난 부서장이 되리라는 사실을 잘 알고 있었다. 이는 많은 공학자들도 마찬가지였다. 이윽고 그녀의 상사들 역시 그 사실을 깨달았다.

그리고 역사는 그들이 모두 옳았음을 증명했다. 도로시 본보다 계산부의 부서장 자리에 더 적합한 사람은 없었다.

한계란 없다

1951년 4월, 도로시 본이 서쪽 지구 계산부의 부서장이 된 지 몇 달 후, 26세인 메리 윈스턴 잭슨이 랭글리 항공 연구소에 입사했다. 메리는 가족과 함께 버지니아 주 햄프턴에 오래 살았다. 메리는 흑인 여성들이 시내의 공장에서 굴 껍데기를 벗기며 부르던 노래를 들으면서 자랐다. 교회에서 어른들이 떡갈나무 아래에 앉아 '노예 해방령'을 읽어 주던 것을 듣기도 했다. '노예 해방령'은 남북 전쟁 중이던 1863년에 아브라함 링컨이 발표한 것으로 남부 지방의 흑인 노예들을 해방시키는 내용이었다.

메리는 햄프턴에 있는 학교에 다녔고 1938년에 피닉스 고등학교를 수석으로 졸업했다. 햄프턴 대학에 입학한 후에는 '알파 카파 알파'에 가입했다. 도로시와 서쪽 지구 계산부의 많은 흑인 여성들이 대학 시절 가입했던 흑인 여학생 클럽이었다.

햄프턴 대학에 다니는 여학생 중 대부분은 가정학이나 간호학을 전공했지만 메리는 수학과 자연과학을 전공했다. 졸업 후에는 메릴랜드 주에서 교사로 일했다. 그렇지만 그다음 해에는 병든 아버지를 간호하기 위해 햄프턴으로 돌아왔다.

고향으로 돌아온 메리는 미국 위문 협회USO가 운영하는 지역 주민 센터에 일자리를 얻었다. USO는 미국 군인들을 위해 만들어진 비영리 조직이었다. 메리는 군인 가족과 방위 산업 노동자들이 집을 구하는 일을 돕고, 합창단에서 피아노를 연주하고, 걸스카우트가 모임과 집회를 준비하는 것을 도왔다.

메리는 한 USO 댄스파티에서 해군 학교 사병인 레비 잭슨을 만났다. 그들은 바로 사랑에 빠졌고 1944년에 결혼을 했다. 독립심이 강했던 메리는 순백색의 신부 드레스를 거부하고 검은색 스팽글이 달린 짧은 드레스를 입었다. 그리고 검은색 장갑, 검은색 구두, 빨간색 장미 코르사주로 치장을 했다. 메리 윈스턴, 아니 메리 잭슨은 모든 일을 자신만의 방식으로 해 나갔다.

삶에 대한 기대

제2차 세계대전이 끝나고 레비 잭슨은 랭글리 필드에서 페인트공으로 일하기 시작했다. USO는 문을 닫았고 메리는 새로운 직장을 찾아야 했다. 메리는 잠시 회계 장부 담당자로 일했지만 아들이 태어난 후 그만뒀고 바쁜 전업 주부가 됐다.

아들을 돌보느라 정신이 없었지만 메리는 항상 짬을 내 자신을 행복하게 하는 일들을 했다. 메리가 가장 좋아하는 일 중 하나는 자신이 다니는 교회의 걸스카우트를 지도하는 일이었다. 여성들이 하느님과 나라를 사랑하며 세상에서 제 역할을 하도록 돕겠다는 걸스카우트의 목표는 메리가 지닌 신념과 같았다. 메리는 흑인 소녀들을 데리고 도보 여행을 하기도 하고 꽃게 공장에 현장 학습을 가서 부모님이 어떤 일을 하는지 보여 주기도 했다.

어느 날은 흑인 소녀들을 햄프턴 대학 총장 사택의 오후 티타임에 데려갔다. 대학 총장과 그 가족이 사는 곳이었다. 그 당시는 역사상 최초로 흑인이 햄프턴 대학의 총장이 된 때였고 당연히 총장 사택에는 흑인 가족이 살고 있었다. 흑인 소녀들에게는 평생 잊을 수 없는 장면이었다. 멋진 저택에서 반듯한 흑인 직원들이 흑인 가족의 시중을 들고 있었다. 메리는 어린 소녀들의 예민한 감수성을 잘 알고 있었다.

그러던 어느 날 걸스카우트 모임에서 소녀들이 '목화 뭉치를 따세'라는 제목의 민요를 부르고 있을 때였다. 이 노래는 매우 유명한 노래로 메리도 이전에 수없이 불렀던 노래였다.

그런데 갑자기 노래 가사가 처음 들은 양 낯설게 느껴졌다.

"어서 목화밭에 내려가 목화 뭉치를 따세!" 그 순간 메리는 이 노래가 노예 제도가 있던 시기의 노래라는 사실을 깨달았다. 메리는 노예 제도라는 개념이 계속 살아 있게 두고 싶지 않았다.

"잠깐만!" 메리가 노래를 멈추게 했다. "우리는 이 노래를 다시는 부르지 않을 거야." 메리는 소녀들에게 이 노래가 흑인으로 산다는 것이 어떤 의미인지 부정적인 인식을 심어 주고 있다고 설명했다. 그러고는 소녀들에게 너희는 그보다 훨씬 더 대단한 사람이 될 수 있다고 말해 줬다.

메리가 소녀들을 가로막는 사회적 제약을 완전히 제거할 수는 없었을 것이다. 그렇지만 소녀들이 스스로에게 제약을 가하지 않도록 돕는 것이 메리의 임무였다. 검은 피부, 성별, 경제적 지위, 이것들 중 그 어떤 것도 소녀들의 꿈을 방해할 수는 없었다. "너희는 더 잘할 수 있어. 우리는 더 잘할 수 있어." 메리 잭슨은 소녀들에게 늘 말해 주었다.

그녀는 인생이란 삶에 대한 기대를 높여 나가는 기나긴 과정이라고 생각했다.

랭글리 항공 연구소에 취직하다

메리 잭슨은 아들이 4살이 되자 공무원직 지원서를 2부 작성했다. 비서직과 랭글리 항공 연구소의 여성 컴퓨터 일자리였다. 1951년 1월, 메리 잭슨은 햄프턴에 있는 육군 기지인 먼로 요새의 비서로 고용됐다. 메리는 장교들을 위해 일하면서 비밀문서들을 다뤄야 했기 때문에 보안 정보를 취급할 수 있는 허가를 받았다.

제2차 세계대전 이후, 미국은 소련의 위협 때문에 늘 불안해했다. 두 나라는 전쟁 동안에는 동맹국이었지만 전쟁이 끝난 후에는 급격히 멀어졌다. 소련이 최초의 원자 폭탄을 폭발시키고 난 후에는 특히 더 그랬다. 미국과 소련은 더 이상 서로를 신뢰하지 않았다.

그때 즈음 소련이 1950년에 한국 전쟁에 내보낸 비행기가 '너무 빨라서 눈에 보이지도 않을 정도였다'라는 소문이 퍼졌다. 1950년에 발행된 〈노퍽 저널 앤드 가이드〉 신문의 머리기사에는 다음과 같은 제목이 달려 있었다. "소련이 세계에서 가장 빠른 전투기를 보유하고 있다고 발표했다." 미국은 자신들이 가장 빠르고 가장 강력한 전투기로 하늘을 평정했다고 자부하고 있었다. 1947년에는 조종사 척 예거와 함께 음속 장벽을 돌파하기도 했다. 그렇지만 1950년, NACA는 미국에 비해 '소련이 최소한 세 배 더 많은 인력을 연구 시설에 쏟아 붓고 있다'고 추정했다.

NACA는 의회에 예산을 늘려 달라고 요청했다. 그리고 다시 사람들을 많이 채용하기 시작했다. 연구소 뉴스 레터인 〈에어스쿱〉은 제2차 세계대전의 최고 절정기 때와 같이 채용 공고를 줄줄이 실었다. 미국은 다른 나라에게 하늘을 양보할 생각이 없었다.

메리 잭슨의 수학적 능력을 생각해 볼 때 정부가 그녀에게 랭글리 항공 연구소의 일자리를 제공한 것은 그리 놀라운 일이 아니었다. 메리는 육군 기지에서의 일을 그만두고 랭글리 항공 연구소의 도로시 본 밑에서 일하기로 결정했다.

한계란 없다

NACA의 공학자들은 음속 장벽을 성공적으로 돌파하긴 했지만 소련보다 앞서기 위해서는 훨씬 더 빠른 비행기를 개발해야 했다. 실험용 비행기가 아니라 군사용으로 생산할 수 있는 비행기여야 했다. "미국이 하늘을 계속 장악하기 위해서는 음속보다 빨리 날 수 있는 작전 군용기를 다른 어떤 나라보다

버지니아 주 햄프턴의 랭글리 항공 연구소에 있던 '극초음속 풍동.'
NASA 랭글리 연구 센터 제공

앞서서 개발해야 합니다." NACA의 사무국장은 〈노퍽 저널 앤드 가이드〉 신문과의 인터뷰에서 말했다. 마하 1은 시작에 불과했다. 공학자들과 조종사들은 속도 제한 없이 날 수 있는 비행기를 꿈꿨다. 어떤 공학자들은 조종사가 마하 5나 더 빠른 속도로 비행하는 날이 올 거라고 상상했다.

랭글리 항공 연구소는 새로운 풍동을 만들었다. 음속 이하의 속도부터 마하 7까지의 속도로 연구를 수행할 수 있는 풍동이었다. 이 풍동은 너무 속도가 빠른 나머지 '극초음속 풍동'이라는 이름이 붙었다. 공학자들 그리고 도로시 본, 메리 잭슨 같은 수학자들은 정신을 바짝 차리고 10년 전에는 상상도 할 수 없었던 속도로 하늘을 날 방법을 알아내기 위해 애썼다.

공산주의자들의 위협

1951년 4월 5일, 메리 잭슨이 랭글리 항공 연구소에서 근무하기 시작한 첫날이었다. 이날 뉴욕 연방 법원은 소련을 위해 스파이 활동을 한 혐의로 기소된 에셀 로젠버그와 줄리어스 로젠버그 부부에게 사형 선고를 내렸다. 로젠버그 부부 사건은 미국 사람들에게 공산주의자들이 미국 곳곳에서 음모를 꾸미고 있다는 공포를 느끼게 했다.

랭글리 항공 연구소 또한 로젠버그 부부 사건에서 자유로울 수 없었다. 한 공학자는 NACA 기밀문서를 훔쳐서 소련에게 넘긴 혐의로 기소됐다. 도난당한 기밀문서 중에는 원자력 비행기를 만들 계획과 고속 비행기의 부품 설계가 포함돼 있었다. 그 공학자는 스파이 혐의는 벗었지만 로젠버그 부부와의 관계에 대해 거짓말을 한 사실은 유죄 판결을 받았다.

미국인들은 주변 곳곳에, 심지어 이웃이나 직장에도 스파

에셀 로젠버그와 줄리어스 로젠버그 부부는 소련을 위해 스파이 활동을 한 혐의로 기소된 미국 시민들이다. 이들은 사형 선고를 받아 1953년에 사형됐다.
미국 의회 도서관 제공

이가 있을지 모른다는 공포에 떨게 됐다. FBI는 랭글리 항공 연구소의 직원들을 한 명 한 명 인터뷰했다. 많은 직원들이 FBI 수사관들을 두려워했다. 이들은 예고도 없이 집으로 찾아오기도 했다. 누구도 피할 수 없는 일이었다. 수사관들은 정부가 중요하거나 정보 유출 위험이 있다고 판단 내린 단체들과 관련된 사람들에게 관심을 집중했다.

FBI는 공산주의자와 그들의 신념에 동조하는 많은 단체에 관련된 사람들을 기소했다. 공산주의에 대한 공포는 많은 사람들의 일상을 파괴했다. 심지어 결백한 사람들의 삶을 망가뜨리기도 했다.

버지니아 주의 상원 의원인 해리 버드는 자신이 생각하는 미국의 '전통적' 가치에 동의하지 않는 사람이라면 누구에게나 공산주의자라는 딱지를 붙여 공포 분위기를 조성했다.

그러나 트루먼 대통령은 다른 방식으로 공산주의에 맞서야 한다고 생각했다. 트루먼 대통령은 미국의 민주주의 제도가 세계에서 가장 뛰어난 정치 제도라는 사실을 보여 주고 싶었다. 그리고 그 방법으로 아프리카, 아시아, 라틴 아메리카의 많은 개발 도상국에게 미국의 동맹국이 되라고 권고했다. 트루먼 대통령은 미국이 검은색 피부를 가진 사람들을 공정하게 대하려고 애쓰고 있다는 사실을 증명하고 싶었다. 군대 안의 인종 차별 정책을 없애고 백인과 흑인이 나란히 근무하도록 했다. 또한 미 연방의 각 부 장관들에게 '장관이 직접 책임을 지고' 인종, 피부색, 종교, 국적에 따른 차별을 하지 않는 업무 환경을 조성하게 했다.

랭글리 항공 연구소에도 차별이 존재했을까? 흑인 여성들은 여전히 인종에 따라 분리된 채로 서쪽 지구 계산부 사무실에서 따로 일하고 있었다. "랭글리 항공 연구소에는 흑인 여성들로만 이뤄진 업무 부서가 있습니다. 서쪽 지구 계산부 직원들은 인종 차별을 하는 업무 부서 카테고리에 속할지도 모릅니다." 1951년에 랭글리 항공 연구소의 한 행정관이 메모에 이렇게 적었다. "그렇지만, 직원들 중 많은 직원들이 1~3개월의 기간 동안 인종 분리 정책을 쓰지 않는 업무 부서에서 일을 하도록 배정받습니다."

시간이 흐르면서 도로시 후버와 같은 여성들은 계산부를 떠나 다른 사무실에서 백인 공학자들, 백인 컴퓨터들 옆에 앉아 일을 하기 시작했다. 이 여성들은 직장에서 차별에 맞서 싸우는 가장 좋은 방법은 최선을 다해 자신의 일을 하는 것이라고 생각했다.

수학 방정식은 방정식을 푸는 사람의 피부가 무슨 색인지 개의치 않았다. 답만 정확하다면 말이다.

구역의 법칙

1950년대 초, 도로시 본과 서쪽 지구 계산부에서 일하는 여성들은 늘 바빴다. 대부분 자신들의 사무실에서 일했지만 때때로 연구소의 다른 팀에서 일손이 필요할 때는 파견을 가기도 했다.

어느 날, 동쪽 지구에 있는 팀에서 업무 지원을 요청했고 도로시 본은 메리 잭슨을 보내기로 결정했다. 그리고 메리는 서쪽 지구 계산부가 아닌 새로운 사무실에서 몇몇의 백인 컴퓨터들과 함께 일을 하게 됐다.

메리는 동쪽 지구에 있는 건물들에 전혀 익숙하지 않았다. 근무 시간 중에 화장실을 가려던 메리가 동료들에게 물었다.

"화장실이 어디에 있나요?"

그러나 그들은 아무 대답도 하지 않고 킥킥거리기만 했다. '당신 화장실이 어디에 있는지 '우리들'이 어떻게 알아?'라는 의미의 웃음이었다.

가장 가까이에 있는 여성 화장실은 백인 여성들에게는 개방돼 있었지만 메리에게는 아니었다. 메리가 흑인이기 때문이었다.

동쪽 지구 어딘가 '유색 인종' 표지판이 붙은 화장실이 있을 게 분명했지만 메리는 어디에 있는지 알 리가 없었다. 메리는 화장실을 직접 찾아보기 위해 자리를 박차고 일어섰다.

인종 차별의 장벽과 씨름해야 하는 것은 미국 흑인들에게 일상적인 일이었다. 메리 또한 그것에 이미 익숙하긴 했지만 이 사건 만큼은 메리를 화나게 만들었다.

메리는 동료들만큼 똑똑하고 재능 있었다. 랭글리 항공 연구소의 직원 신분증은 메리가 백인 동료들과 똑같은 곳에 출입할 수 있도록 동등한 권리를 보장해 줘야 했다. 아니 그 이상을 보장해 줘야 하는지도 몰랐다.

메리는 늘 이런 차별과 조롱에 맞서기 위한 하나의 방법으로 매일 대통령이라도 만나러 가는 것처럼 신경 써서 옷을 차려입었다.

메리는 화가 났고, 모욕감을 느꼈다. 과학적이고 이성적인 일을 하는 직장에서 그토록 노골적인 편견과 맞닥뜨렸다는 사실에 분노가 치밀었다. 또한 메리는 화장실에 가는 일처럼 흔하고 보편적인 일에 있어 차별을 받아야 한다는 것이 불합리하다고 생각했다.

백인 동료들이 화장실 위치를 물어보는 메리를 비웃은 순간, 메리는 프로 수학자에서 2등급 시민으로 굴러떨어지는 기분을 느낄 수밖에 없었다.

뜻밖의 제안

메리는 그날 동쪽 지구 계산부에서 일을 마치고 서쪽 지구 계산부로 돌아올 때까지 계속 화가 나 있었다. 그때 메리는 너비 1.2미터, 높이 1.2미터의 초음속 압력 풍동에서 일하는 차석 부서장과 우연히 마주쳤다. 이 초음속 압력 풍동은 서쪽 지구에 위치한 강력한 풍동이었다.

대부분의 미국 흑인들은 백인들 앞에서 늘 조심했다. 가면을 쓰고 자신의 생각과 감정을 숨겼다. 그렇지만 차석 부서장이 일이 잘되어 가느냐고 물었을 때 메리는 자기도 모르게 가면을 벗어 버렸다. 메리는 화를 주체하지 못하고 그날 아침 동쪽 지구 계산부에서 백인 여성들에게 당한 모욕에 대해 큰 소리로 항의했다.

메리는 평소에는 침착하고 조용한 어조로 이야기하는 사람이었다. 그러나 한편으로는 솔직한 사람이기도 했다. 메리는 사람을 볼 줄 알았고 이 차석 부서장만큼은 믿을 만한 사람이라고 판단했다. 물론 그 역시 메리의 감정이 터무니없다고 생각하지 않았다.

"우리 팀에 와서 일하면 어때요?" 그가 물었다. 그는 메리를 한 인간으로 존중했고 그녀가 가진 수학자로서의 능력을 인정했다. 그는 메리가 자신의 팀에 큰 자산이 될 것이라고 생각했다.

메리는 곧바로 그의 제안을 받아들였고, 그의 연구팀으로

랭글리 항공 연구소의 '초음속 압력 풍동'에서 일한 사람들의 단체 사진.
맨 앞줄, 맨 오른쪽에 있는 사람이 메리 잭슨이다.

NASA 랭글리 연구 센터 제공

자리를 옮겼다. 그리고 음속보다 빨리 나는 비행기를 테스트하는 풍동 중 하나인 초음속 압력 풍동에서 일하게 됐다.

이론 공학자들

랭글리 항공 연구소는 풍동과 테스트 비행에 가장 큰 관심을 쏟긴 했지만 이론 공학자들에게도 괜찮은 직장이었다. 이론 공학자는 아이디어나 이론에 기초하여 비행기를 설계하는 사람들이었다.

도로시 본과 같은 해에 서쪽 지구 계산부에서 근무하기 시작한 도로시 후버는 자신의 사업부에서 계속 승승장구했다. 그리고 흑인과 백인을 막론하고 여성이 가질 수 있는 가장 높은 직함인 '항공 연구 과학자'라는 직함을 거머쥐었다.

1951년, 도로시 후버는 2개의 보고서를 발표했다. 두 보고서 다 현재는 항공기의 표준이 된 뒤처짐 날개를 자세히 분석한 내용이었다.

공학자들이 직접적인 관찰을 통해 연구를 한다면 이론 공학자들은 복잡한 수학을 통해 문제에 접근했다. 이들이 50페이지짜리 보고서를 준비하면 하나의 방정식이 전체 페이지의 대부분을 차지하고 있을 정도였다.

도로시 후버와 이 팀에서 일하는 3명의 여성들은 1947년부터 1951년 사이에 많은 연구 보고서를 발표했다. 팀 리더들은 자기 팀에 있는 여성 직원들의 재능을 확실하게 평가하고 계발했다.

1952년, 도로시 후버는 연구소를 휴직하고 학교에 돌아가기로 결심했다. 자신이 가장 좋아하는 이론 연구에 더욱 전념하고 싶었다. 그녀는 랭글리 항공 연구소를 그만두고 아칸소 농업 대학과 메커니컬 앤드 노멀 대학에서 학문을 연구하고 수학 박사 학위를 취득했다.

반면 메리 잭슨은 공학팀과의 협업에 몸을 던졌다. 팔을 걷어붙이고 비행기 모형과 씨름했다. 메리는 복잡한 계산 뒤에 숨어 있는 물리적 현상을 이해하는 일을 좋아했다. 다른 여성 컴퓨터들과 마찬가지로, 메리 잭슨은 랭글리 항공 연구소의 '종신형 재소자'가 되는 길에 접어들었다. 종신형 재소자는 평생 동안 랭글리 항공 연구소에 머무는 사람을 가리키는 농담이었다.

숫자는 거짓말을 하지 않는다

초음속 압력 풍동에서 수학자로 일한 지 얼마 지나지 않아,

메리 잭슨은 국장으로부터 새로운 업무를 받았다. 그는 연구소의 최고 관리자 중 한 사람이자 가장 존경받는 연구자였다. 그는 메리에게 아주 복잡한 수학 계산 한 세트를 넘겨 주었다. 메리는 그에게 계산 작업을 받아 꼼꼼하게 계산해 냈다. 계산을 모두 마치고는 다시 한 번 확인한 후 결과물을 제출했다.

그렇지만 그 일을 맡긴 국장은 뭔가가 탐탁지 않아 보였다. 그는 메리의 계산이 틀렸다고 주장했다. 메리는 공손하면서도 단호한 태도로 자신의 결과물을 변호했다.

메리와 국장은 함께 숫자들을 점검하다가 마침내 그의 투입값에 오류가 있었다는 사실을 발견했다. 그가 메리에게 틀린 숫자를 준 것이었다. 메리의 계산은 한 치의 오차 없이 정확했다. 자신의 실수를 깨달은 그는 메리에게 정중하게 사과했다. 메리는 물러서지 않고 자신의 결과물을 적극적으로 변호한 덕분에 똑똑하고 능력 있는 수학자라는 평판을 얻게 됐다.

공학자들은 괜찮은 수학자들이기도 했다. 그렇지만 대부분의 경우 숫자를 다루는 법을 가장 잘 아는 사람은 컴퓨터들이었다. 이들은 수학에 있어서는 전문가 중에서도 전문가였다. 여성 컴퓨터들은 서로의 계산을 체크해 주었다. 혹시라도 다른 컴퓨터의 실수가 발견될 때면 데이터 시트에 빨간색 점을

NASA에서 은퇴한 후의 메리 잭슨.
NASA 랭글리 연구 센터 제공

찍었다. 빨간 점은 거의 없었다.

컴퓨터들 중 일부는 번개처럼 빠르게 암산을 할 수 있었다. 어떤 컴퓨터들은 이론 수학에 매우 조예가 깊었다. 이들 중에서도 최고는 정확성, 속도, 통찰력의 삼박자를 모두 갖춘 사람이었다.

그렇지만 최고 관리자이자 모두에게 존경받는 공학 전문가 앞에서 자신의 결과물을 변호할 수 있는 자신감을 갖춘 사람은 흔치 않았다. 이런 자질을 갖춘 사람은 눈에 띌 수밖에 없었다. 이러한 자질은 메리 잭슨을 다른 사람들보다 한 발짝 더 앞서게 만들었다.

위대한 정신

캐서린 고블 또한 재능 있는 수학자였다. 그녀는 다른 많은 컴퓨터들처럼 수학 교사로 일했었다. 캐서린은 버지니아 주 메리언에서 학생들에게 수학과 프랑스 어를 가르치며 아내와 어머니로서의 삶에 만족하고 있었다. 그러나 캐서린이 친척의 결혼식에 참석한 1952년 8월, 모든 것이 바뀌었다.

한 친척이 캐서린에게 랭글리 항공 연구소에서 수학자로 일할 흑인 여성들을 찾고 있다는 사실을 알려 줬다. 그는 캐서린이 대학과 대학원에서 수학을 전공했다는 사실을 알고 있었다. 그는 도로시 본과 그녀의 가족이 살고 있던 뉴섬파크의 지역 주민 센터장이었고, 도로시 본이 서쪽 지구 계산부에서 상당수의 여성 컴퓨터들을 데리고 일하고 있다는 사실도 알고 있었다.

캐서린은 그의 말을 주의 깊게 들었다. 캐서린과 그녀의 남편은 둘 다 학교 교사였고 평균 정도의 급여를 받고 있었다. 그들에게는 딸이 셋 있었고 안정적인 생활을 위해서는 늘 신중하게 계획하며 가계를 꾸려야 했다.

캐서린은 학생들을 가르치는 일을 즐겼다. 학생들은 자원이 턱없이 부족한 흑인 학교에 다닐 수밖에 없지만 그들에게 최상의 교육을 제공함으로써 '흑인들의 미래를 바꾸는 일'에 보탬이 되고 싶었다. 그러나 랭글리 항공 연구소에서 일할 수 있는 기회에 대해 듣고 나니 잊고 있었던 무언가가 생각났다. 수학자가 되고 싶다는 꿈이었다. 오랜 시간이 지났지만 마침내 그 꿈을 이룰 수 있을지도 모른다는 생각이 들었다.

수학적 재능

캐서린의 아버지는 수학에 뛰어난 재능을 갖고 있었다. 그는 초등학교밖에 나오지 않았지만 나무 한 그루를 보고 목재 몇 개가 나올지 한눈에 알 수 있을 정도로 수학 감각이 뛰어났다. 캐서린의 부모는 캐서린이 아장아장 걷기 시작할 때부터 그녀가 아버지의 수학적 재능을 이어받았다는 사실을 알아차렸다. 사 남매 중 막내인 캐서린은 마주치는 건 뭐든지 숫자를 셌다. 그릇, 계단, 하늘의 별 등 무엇이든 상관없었다. 캐서린은 학교에서 공부를 뛰어나게 잘했고 특히 수학을 잘했다. 교사들은 캐서린의 자리가 비어 있을 때면 어김없이 옆 교실을 들여다봤다. 그곳에서 캐서린은 수학 수업을 듣는 오빠를 도와주고 있곤 했다.

캐서린은 14세에 고등학교를 졸업하고 1933년에 찰스턴 교외에 있는 흑인 대학인 웨스트버지니아 주립 대학에 입학했다. 캐서린은 1학년 때 대학에 있는 모든 수학 과목을 다 이수했다. 이 때문에 수학 교수는 캐서린만을 위해서 특별 수학 고급반을 만들어야 했다.

"자네는 훌륭한 수학자가 될 거야." 교수가 캐서린에게 말했다. "자네가 이 길을 걸어가도록 내가 도와주겠네." 취업 전망은 그리 밝지 않았지만 교수는 캐서린과 그녀의 특별한 능력을 믿었다. 1930년대에 고용주들은 수학 학위가 있는 아일랜드 인 여성과 유대 인 여성을 대놓고 차별했다. 흑인 여성이 수학자로서 일자리를 찾을 가능성은 그보다 더욱 낮았다.

졸업 후 캐서린은 버지니아 주 메리언에 있는 고등학교에 교사로 취직했다. 그리고 지미 고블이라는 남자를 만나 사랑에 빠졌고 결혼을 했다. 그렇지만 두 사람은 자신들의 결혼을 비밀로 유지해야 했다. 그 당시는 기혼 여성이 교사로 일하는 것을 법으로 금지했기 때문이었다.

'드물게 유능한'

1940년 봄, 학교의 분주한 하루가 끝나 갈 무렵, 캐서린은 자신이 다녔던 대학의 총장이 교실 밖에 서 있는 것을 보고 깜짝 놀랐다. 총장은 캐서린에게 특별한 기회가 있다고 말했다.

주에서 흑인 학생들을 위한 별도의 대학원을 운영하고 있지 않으면 그 주는 기존의 대학원에 흑인을 입학시켜야만 하는 법이 통과된 것이었다. 백인들만 다니던 웨스트버지니아 대학교는 대법원의 판결에 따라 흑인들의 대학원 입학을 허가할 수밖에 없었다. 웨스트버지니아 주 전체에 흑인 학생들을 위한 대학원 과정이 하나도 없었기 때문이었다. 대법원은 백인 학교가 흑인 학생들에게 문을 열어야 한다고 알렸다.

웨스트버지니아 주의 주지사는 대법원에 맞서 싸우고 싶지 않았다. 그 대신 그는 웨스트버지니아 주의 공립 대학원들에 인종 통합 정책을 펼치기로 결정했다. 주지사는 캐서린이 졸업한 웨스트버지니아 주립 대학의 총장에게 인종 차별을 철폐하는 데 앞장설, '드물게 유능한' 흑인 졸업생을 추천해 달라고 요청했다.

캐서린은 대학원 수학 전공 과정 제안을 받아들였다. 고등학교에서 수업을 하는 마지막 날, 교장은 캐서린에게 수학 참고서 한 세트를 건넸다. 그는 캐서린이 성공하기를 바랐다. 한편으로는 웨스트버지니아 대학교 최초의 흑인 대학원생 중 한 명인 그녀가 학교 도서관에서 책을 보고 빌리는 데 어려움을 겪을까 봐 걱정했다.

캐서린은 웨스트버지니아 대학교의 여름 학기에 입학했다. 캐서린의 엄마는 웨스트버지니아 주의 모건타운으로 이사를 했다. 그녀는 백인 학생들이 캐서린을 괴롭히거나 험담을 해서 캐서린이 상처를 받진 않을까 걱정했다. 그리고 그런 상황이 온다면 캐서린이 잘 헤쳐 나가도록 돕고 싶었다.

예상을 뒤엎고 백인 학생들 대부분은 캐서린을 환영했다. 일부 학생들은 오히려 그녀에게 친절하게 대하려고 특별히 애썼다. 오직 한 학생만이 캐서린을 힘들게 했는데 그 학생은 캐서린을 대놓고 무시하는 방법으로 모욕을 주려고 했다. 그러나 교수들도 캐서린을 공정하게 대했고 캐서린은 학문적 기대를 충족시키는 것 이상의 성과를 냈다. 캐서린의 가장 큰 도전 과제는 자신이 이미 알고 있는 지식을 배우는 것이 아닌 새로운 지식을 배울 수 있는 수업을 찾는 것이었다.

여름 학기가 끝날 무렵, 캐서린은 자신이 임신했다는 사실을 알게 됐다. 결혼을 비밀에 부치는 것과 아이를 낳는 것은 완전히 다른 차원의 일이었다. 캐서린과 그녀의 남편은 가족에게 소식을 알렸고 그들은 캐서린이 학교를 떠나야 한다는 사실에 안타까워하면서도 한편으로 곧 아이가 태어난다는 사실에 무척 기뻐했다.

캐서린은 전업주부가 됐다. 캐서린과 지미는 다 합쳐 세 명의 딸을 낳았다. 캐서린은 자신이 대학원보다 가족을 선택했다는 것을 한 번도 후회하지 않았다.

1944년, 캐서린은 살고 있는 지역의 흑인 고등학교에 다시 교사로 취직해서 가족 부양을 도왔다. 그리고 1952년에 랭글리 항공 연구소에 대해 알게 될 때까지 교사로 계속 근무했다.

새로운 삶

캐서린의 친척이 랭글리 항공 연구소의 일자리에 대해 알려준 후 캐서린과 그녀의 남편인 지미는 뉴포트뉴스로 이사를 가서 새로운 도전을 해 보기로 결정했다. 그들은 뉴포트뉴스로 집을 옮긴 후 뉴섬파크에 있는 아파트로 이사했다. 캐서린의 남편은 뉴포트뉴스 조선소에 페인트공으로 취직했다. 안정적이고 급여를 많이 받는 직업이었다. 세 아이 모두 새 학교를 마음에 들어 했고 갑자기 이렇게 크고 활발한 흑인 공동체의 일원이 된 것에 놀라워했다.

랭글리 항공 연구소는 캐서린이 컴퓨터 직종에 지원한 서류를 1952년에 승인했지만 캐서린은 1953년 6월부터 일을 시작할 수 있었다. 그사이 캐서린은 뉴포트뉴스 지역에 있는 고등학교에서 기간제 수학 교사로 일했다. 그러면서 이 지역의 많은 가정을 만날 수 있었다. 또한 교회와 여성 사교 클럽에도 다녔다. 이렇게 인간관계를 넓혀 가던 중 캐서린은 평생 가장 좋은 친구가 되는 유니스 스미스를 만나게 됐다. 그녀는 세 단지 건너의 아파트에 살고 있었고 랭글리 항공 연구소의 서쪽 지구 계산부에서 9년 동안 일한 베테랑 컴퓨터였다.

캐서린이 연구소에 출근하기 시작하면서 캐서린과 유니스는 연구소까지 함께 차를 몰고 다녔다. 캐서린은 자신의 상관인 도로시 본이 웨스트버지니아 주립 대학의 동문인 데다가 한때 뉴섬파크에 살았다는 사실을 알고서 깜짝 놀랐다. 얼마 지나지 않아 도로시가 재능 있는 수학자일 뿐만 아니라 훌륭한 관리자라는 사실도 알게 되었다.

캐서린은 2주일 동안 서쪽 지구 계산부에 있는 새 책상에서 일하며 업무에 적응해 나갔다. 그런데 어느 날 아침, 한 공학자가 사무실에 들어와서 도로시와 함께 조용히 뭔가를 의

논했다.

“비행 연구국에 2명의 컴퓨터가 필요하다고 합니다.” 도로시 본이 그와의 의논이 끝난 후 여성 컴퓨터들에게 말했다. 비행 연구국은 실물 비행기를 테스트하는 팀이었다. “캐서린 씨와 에르마 씨를 보내겠습니다.” 도로시 본은 캐서린과 또 한 명의 컴퓨터를 비행 연구국에 파견했다.

혼란스러운 신호

캐서린은 랭글리 항공 연구소의 거대한 격납고 맨 꼭대기에 위치한 비행 연구국으로 파견된 것이 행운이라고 생각했다. 계산부에서 데이터 시트를 가지고 계산하는 일도 흥미로웠지만 공학자들과 긴밀히 협력하는 일은 훨씬 더 재미있을 것 같았다.

캐서린은 도시락과 핸드백만 가지고 서쪽 지구 계산부에서 얼마 떨어져 있지 않은 격납고로 향했다. 캐서린은 옆문으로 들어가서 계단을 오른 다음 어두운 콘크리트 복도를 걸어가 비행 연구국에 도착했다. 사무실 안에는 커피 냄새와 담배 냄새가 가득했다. 공학자들은 일하면서 하루 종일 담배를 피우고 커피를 마셔 댔다.

서쪽 지구 컴퓨터와 마찬가지로, 비행 연구국 사무실 또한 교실처럼 여러 개의 책상이 줄지어 놓여 있었다. 팀에서 일하는 사람들 대부분은 남성이었지만 여성들도 몇 명 있었다. 바로 여성 컴퓨터들이었다.

캐서린은 자신에게 업무를 지시할 비행 연구국의 관리자가 올 때까지 앉아서 기다릴 자리를 찾아보았다. 이윽고 캐서린은 백인 공학자 옆의 빈자리를 발견했고, 자리에 앉았다.

그러나 캐서린이 미처 인사를 건네기도 전에 그 백인 공학자는 캐서린을 곁눈질로 힐끗 쳐다보더니 자리에서 벌떡 일어서서 가 버렸다.

'내가 뭐 잘못한 게 있나?' 다른 사람들은 무슨 일이 일어났는지 알아채지 못했지만 캐서린은 그가 자신에게 모욕을 주려고 그렇게 행동한 것은 아닌지 혼란스러웠다.

자리에서 벌떡 일어나 가 버린 백인 공학자는 그녀가 흑인이고 자신이 백인이기 때문에 그런 걸 수도 있었다. 또는 그녀가 여성이고 자신은 남성이기 때문에 그런 걸 수도 있었다. 아니면 자신은 전문가이고 그녀는 보조 업무를 하는 사람이라고 생각했기 때문에 그런 걸 수도 있었다.

어쩌면 아예 아무 의미 없는 일일 수도 있었다.

랭글리 항공 연구소 밖에서의 규칙은 명확했다. 흑인과 백인은 따로 살고, 따로 밥을 먹고, 따로 공부를 하고, 따로 사람들과 어울리고, 따로 예배를 보고, 따로 일을 했다. 그렇지만 랭글리 항공 연구소에서는 경계가 불분명했다.

캐서린의 동료들 중 일부는 미국 북부 출신이거나 외국에서 온 이들이었다. 심지어 랭글리 항공 연구소에 들어오기 전에는 아예 흑인을 만난 적이 한 번도 없는 이들도 있었다. 일부는 미국 최 남부 출신이라 인종 혼합 정책에 대해 강경한 태도를 취했다. 이 다양한 사람들의 생각과 태도가 랭글리 항공 연구소 안에서 일어나는 인종 문제의 일부분이었다. 흑인들과 백인들은 함께 미지의 땅을 개척하고 있었다.

캐서린과 흑인 수학자들은 인종 차별에 맞서 전략적으로 행동했다. 항상 옷을 잘 차려입고, 세련되게 말하고, 애국심을 고취하고, 자세를 똑바로 하기 위해 노력했다. 이들은 자신들 각각이 흑인 공동체 전체에 영향을 미칠 수 있다는 사실을 알고 있었고 예민하게 의식했다.

캐서린과 그녀의 옆에 앉아 있던 백인 공학자는 그후 2주 동안 서로에 대해 알게 되면서 왜 그가 자리를 떴었는지에 대해 점차 신경 쓰지 않게 됐다. 그는 새로운 동료가 자기와 마찬가지로 웨스트버지니아 주에서 이사 왔다는 사실을 알고 엄청나게 반가워했다. 이들은 곧 친구가 됐다.

캐서린이 웨스트버지니아 주를 마음에서 지운 적은 한 번도 없었다. 그러나 이곳 또한 캐서린의 운명이라는 사실은 점점 더 분명해지고 있었다.

난기류

캐서린 고블이 비행 연구국에 파견된 지 어느새 6개월이 지났다. 그러나 캐서린의 임시 파견은 영영 끝나지 않을 것 같아 보였다.

1954년 초, 도로시 본은 비행 연구국 사무실에서 캐서린의 상사와 마주 보고 앉았다. "캐서린 씨를 승진시키든지 저희 부에 돌려보내든지 하세요." 도로시가 말했다.

캐서린이 랭글리 항공 연구소에 도착해서 서쪽 지구 계산부에서 일한 건 2주밖에 되지 않았지만 캐서린은 여전히 도로시 본 책임 아래에 있었다. 도로시의 생각에는 캐서린은 일단 서쪽 지구 계산부의 상근직으로 분류된 다음 순환 근무를 하거나 아니면 비행 연구국의 정식 팀원이 돼야 했다.

캐서린의 상사는 여성 노동을 적극적으로 옹호하는 사람은 아니었지만, 회의는 도로시 본이 바라는 대로 끝났다. 캐서린은 급여 인상과 함께 비행 연구국의 정규직 자리를 제안받았다.

캐서린과 함께 일한 공학자들은 그녀가 훌륭한 인재라는

사실을 금세 알아차렸다. 그녀는 고차원 수학을 자유자재로 다뤘고 이미 비행 연구국에서 다양한 역할을 하는 팀원으로 인정받고 있었다.

비행 연구국은 열정이 넘치고, 자유롭게 사고하고, 공격적으로 일하는, 매우 똑똑한 공학자들을 모아 놓은 곳이었다. 이들은 풍동과 모형 비행기가 아닌 실제 비행기를 가지고 연구했다.

비행 연구국의 공학자들은 자신들이 하는 일에 대해 매우 진지한 태도를 가졌다. 비행 연구국의 국장은 자신이 작성하는 연구 보고서의 수준을 높이기 위해 실제로 시험 비행 조종사 훈련을 받기까지 했다. 비행 연구국은 어떻게 일을 해야 하는지 이해하는 데 오래 걸리는 사람은 기다려 주지 않았다. 그것이 남성이든, 여성이든 말이다.

캐서린 고블은 타고난 지적 호기심과 수학에 대한 자신감으로 망설이지 않고 공학자들에게 이런저런 질문을 쏟아 냈다. 공학자들 또한 자신들이 아는 것들을 그녀에게 자세히 설명해 줬다. 공학자들은 일생을 비행기에 대해 고민하며 보낸 이들이었다. 비행기에 대해서라면 끝도 없이 신나게 떠들 수 있었다.

비행 연구국 안에 있는 부서들은 다양한 주제에 대해 연구했다. 음속보다 더 빠르게 날 수 있는 비행기에 대해서 연구하기도 하고, 우주 공간으로 날아갈 수 있는 비행기에 대해서도 연구했다. 캐서린이 일하는 조종 방위부가 하는 일 중 하나는 안전 문제를 검토하고 비행기 사고의 경위를 조사하는 일이었다.

우여곡절

캐서린이 비행 연구국에서 처음 맡은 일은 작은 프로펠러 비행기의 사고에서 무엇이 잘못됐는지 알아내는 일이었다. 이 비행기는 맑고 푸른 하늘에서 비행 중 갑자기 추락했다. 말 그대로 갑자기 뚝 떨어진 것이다. 원인이 불분명했다. NACA는 이 비행기의 기록 장치인 블랙박스를 입수했다. 블랙박스에는 무슨 일이 일어났는지 알아내는 데 필요한 정보들이 기록되어 있을 터였다.

비행 기록 장치에 매우 짧은 시간 단위로 촬영되어 있는 사진 이미지를 분석하는 일이 캐서린의 임무였다. 캐서린은 날마다 매시간 필름 판독기를 들여다보며 추락 전에 비행기에 무슨 일이 있었는지 조사했다.

랭글리 연구 센터의 이 실험은 색깔이 있는 연기를 땅에서 치솟게 해서
비행 도중 공기 흐름이나 난기류가 눈에 잘 보이게 만들었다.
NASA 랭글리 연구 센터 제공

그러다가 마침내 사고가 났던 프로펠러 비행기가 몇 분 전에 그 지역을 지나간 대형 제트기의 경로와 직각을 이루는 경로로 비행했다는 사실을 발견했다. 공학자들은 사고 상황을 재현해 시험 비행기를 대형 비행기가 지나간 자리에 비행시키는 실험을 설계했다.

그리고 실험을 통해 분석된 데이터가 캐서린의 책상에 도착했다. 눈을 피로하게 하는 단조로운 계산 업무였음에도 불구하고 캐서린에게는 이 일이 너무나 재밌었다.

공학자들은 캐서린의 작업 결과를 분석한 후 환호성을 질렀다. 데이터는 앞서 비행한 제트기가 만든 난기류가 최소 30분 동안 대기에 문제를 일으킬 수 있다는 사실을 보여줬다. 대기의 요동이 그곳을 지나가는 소형 프로펠러 비행기를 흔들었고 추락하게 만든 것이었다. 이는 완전히 새로운 발견이었다. 캐서린은 자신이 이를 밝혀낸 팀의 일원이라는 사실에 짜릿한 흥분을 느꼈다.

캐서린과 공학자들이 한 이 연구는 항공 교통 규정을 바꾸었다. 유사한 사고를 방지하기 위해 비행경로들 사이에 반드시 최소한의 거리를 유지하게 한 것이다.

캐서린은 이 원리를 정리한 보고서가 '자신이 지금까지 읽어 본 것들 중 제일 흥미로운 보고서'라고 생각했다. 또한 이렇게 중요한 프로젝트를 도왔다는 사실에 자부심을 느꼈다.

캐서린은 처음부터 랭글리 항공 연구소가 편했다. 자기 주장이 뚜렷하고, 열정이 넘치는 동료들을 진심으로 좋아했다. 무엇보다 캐서린이 아는 한 그들은 정말 똑똑했다.

그러나 한편으로는 랭글리 항공 연구소에도 차별이 존재

한다는 사실을 알고 있었다. 인생의 다른 영역들과 마찬가지였다. 그렇지만 캐서린은 일상에서 이 생각을 무시해 버리기로 했다. 일을 하면서 지나친 걱정에 빠져 허우적대고 싶지 않았다.

캐서린은 처음 랭글리 항공 연구소에 왔을 때는 흑인과 백인의 화장실이 분리되어 있다는 사실을 몰랐다. 또한 모든 건물에 '유색 인종'이라고 적힌 화장실이 있는 것도 아니었다. 더군다나 백인 여성들을 위한 화장실에는 특별한 표시가 없었다. 캐서린의 생각에는 자신이 특별한 표시가 없는 화장실을 사용하지 못할 이유가 없었다.

새로운 시험대

뉴섬파크에서 2년 동안 살고 난 후 캐서린의 남편이 말했다. "딸아이들을 위해 우리 계획을 바꾸면 좋겠어." 처음 이 지역에 도착했을 때는 뉴섬파크에 사는 것이 흑인 공동체에 빨리 편입하는 데 도움이 됐다. 그렇지만 이들은 이제 미모사 크레센트로 이사하기로 결정했다. 제2차 세계대전 때 흑인 중산층들을 위해 햄프턴에 만들어진 동네였다.

1946년, 미모사 크레센트는 22채였던 집이 51채로 늘어나면서 규모가 두 배 이상 커졌다. 이 지역에는 침실이 서너 개 있는 벽돌집에 중산층 가정들이 살았다.

멋진 새집, 사랑하는 일, 학교생활에 충실한 세 딸아이. 캐서린은 자신이 아메리칸 드림을 이룬 것처럼 느꼈다. 적어도 잠시 동안은 그랬다.

그런데 갑자기 캐서린의 남편이 시름시름 앓기 시작했다. 처음에는 두통이 생겼다가 그다음에는 정확한 이유를 알 수 없이 몸이 약해졌다. 그리고 주치의가 남편의 두개골 아래에서 종양을 발견했다. 치료가 불가능한 부위였다.

남편의 건강은 1년 넘게 계속 악화됐고 남편은 대부분의 시간을 병원에 입원한 채 보냈다. 캐서린의 남편, 제임스 프랜시스 고블은 1956년 크리스마스를 5일 앞두고 죽음을 맞이했다.

캐서린은 남편의 죽음으로 엄청난 충격에 빠졌다. 그렇지만 계속 슬퍼할 수만은 없었다. 캐서린은 밝고 활기 넘치는 세 딸들이 있었다. 그리고 이 아이들에게 부모가 닦아 놓은 길을 잘 걸어갈 수 있도록 최선을 다하겠다고 남편에게 약속했다. 캐서린은 자기 자신과 딸아이들에게 그해가 끝날 때까지만 슬퍼하자고 말했다. 그런 다음엔 모두가 원래의 자리로 돌아가 하던 일들을 계속해야 했다.

1957년 1월, 새학기가 시작한 첫날, 캐서린은 아이들이 다니는 학교에 방문했다. "아이들을 특별 대우하거나 봐 주지 말아 주세요." 캐서린이 학교 교장에게 말했다. "아이들은 대학에 갈 것이고 그러려면 홀로 설 준비를 해야 하니까요."

온전히 혼자 아이들을 키워야 했던 캐서린은 규칙을 새롭게 만들었다. "이제 너희가 아침에 엄마 옷을 다림질해서 준비해 놓아야 해. 그리고 엄마가 집에 올 때까지 저녁 식사도 준비해 놓아야 하고." 캐서린이 세 딸들에게 말했다.

캐서린은 이제 엄마와 아빠 역할을 혼자서 해야 했다. 혼자 가족을 부양해야 했고 사랑을 충분히 주는 동시에 엄격하게 훈육해야 했다. 힘든 시기를 헤쳐 나가기 위해서 모두가 열심히 노력해야 했다.

아이들은 학교생활을 잘 이어 나갔다. 피아노 수업과 바이올린 수업을 듣고 부지런히 연습했다. 세 딸들은 온화하고, 활달하고, 공손했다. 캐서린은 세 딸들을 미래에 마주할 민주주의의 축복을 향해 이끌어 나갔다. 비록 자신이 기대하던 삶은 아니었지만 새로운 삶과 시험을 품위 있게 받아들였다.

남편의 죽음은 캐서린의 삶을 송두리째 바꿔 버렸다. 그들은 부부로 대학원, 결혼, 세 아이의 출생, 뉴포트뉴스로의 이사까지 같은 길을 함께 나란히 걸어왔다. 캐서린은 38세밖에 안 된 나이임에도 남편을 잃은 여성이자 아이들을 혼자 키워야 하는 어머니였고 또한, 자신의 꿈을 실현한 전문가 여성이었다. 남편은 이러한 꿈들이 실현되는 것을 끝까지 지켜봐 주지는 못했지만 적어도 캐서린이 새로운 사회생활을 시작하도록 적극적으로 도왔었다.

과거의 모든 일들은 앞으로 일어날 모든 일들과 이어져 있었다. 1957년 1월, 세 딸들은 학교로 돌아갔고 캐서린은 일터로 돌아갔다. 캐서린 인생의 제2막이 막 시작하려 하고 있었다.

진보

제2차 세계대전 이후의 시기는 과학 기술이 빠르게 발달하는 시대였다. 제트 엔진이 프로펠러를 대체했다. '마하 1'의 속도에 도달하자 공학자들은 '마하 2'의 속도를 정복하고 싶어서 안달복달했다. 초음속 비행기는 훨씬 더 빠른 극초음속 비행기에게 자리를 내줬다.

각각의 획기적인 발전 덕분에 개발자들과 공학자들의 상상력은 끝없이 넓어졌다. 그리고 랭글리 항공 연구소의 직원들은 지구 중력을 이기고 우주 공간에 갈 수 있는 비행기를 만드는 순간을 마음속으로 그렸다.

1947년, 랭글리 항공 연구소는 이러한 진보의 행진 중 한 걸음을 내디뎠다. 처음으로 '전자계산기'를 구입한 것이다. 여성 컴퓨터와 방 하나 크기의 계산 기계를 헷갈리는 사람은 아무도 없었다. 둘 다 똑같은 기능을 하긴 했지만 말이다. 시간이 흐르면서 전자계산기는 랭글리 항공 연구소에서 점차 더 중요한 역할을 했고, 도로시 본은 인간 컴퓨터로 이루어진 자신의 팀이 언젠가 기계에 의해 대체될지도 모른다고 생각했다. 그런 미래가 곧 다가올 터였다.

새로운 컴퓨터가 어떻게 생겼을지는 정확히 알 수 없었지만, 과학 기술이 랭글리 항공 연구소의 업무 방식을 획기적으로 바꿀 것이라는 사실은 충분히 예상할 수 있었다.

새로운 기계

전자계산기는 NACA에서 이루어지는 정교한 연구들에 필요했다. 비행기가 음속보다 빨리 날게 된 후, 이러한 초음속 비행을 연구하기 위해 점점 더 복잡한 수학 계산이 필요해졌다. 가령, 수학자들이 풀어야 했던 어떤 대수 방정식은 변수가 총 35개 있었고 방정식을 푸는 데 한 달 정도 걸릴 것이라고 예상했다. 그렇지만 새로운 전자계산기는 똑같은 방정식을 단 몇 시간 안에 풀 수 있었다.

그러나 전자계산기는 계산 속도가 빠른 데 비해 사용하기가 수월하지 않았다. 이 기계는 구멍이 뚫린 종이테이프를 입력 장치로 이용했고 수학 연산을 할 때마다 2초씩 칙칙 소리를 내며 움직였다. 기계가 가동될 때면 건물 전체가 흔들렸다. 그렇지만 전자계산기에는 밤새워 일할 수 있다는 엄청난 장점이 있었다. 여성 컴퓨터들처럼 퇴근을 하고 휴식을 취해야 할 필요가 없었다.

새로운 시대

1950년대 중반 NACA는 IBM으로부터 첫 '전자 컴퓨터'를 구입했다. IBM 604 전자 계산 펀치와 IBM 650이었다. 공학자들은 극초음속 '로켓 비행기'의 비행경로를 계산하기 위해 전자 컴퓨터가 필요했다. 극초음속 로켓 비행기는 매우 높고 매우 빠르게 날아서 지구 중력을 뿌리치고 지구의 대기권을 지나 우주에 도달할 수 있는 실험용 비행기였다.

처음 전자 컴퓨터는 그다지 믿을 만하지 않았다. 실수를 자주 했고 결과를 확인하기 위해 공학자나 인간 컴퓨터가 한시도 눈을 뗄 수 없었다.

1950년대에 100만 달러짜리 가격표가 붙은 전자 컴퓨터는 오직 대형 연구소에서만 사용됐다. 전자 컴퓨터는 계산 속도가 매우 빨랐지만 한 번에 오직 한 가지 일만 처리할 수 있었다. 전자 컴퓨터는 24시간 내내 칙칙 소리를 내며 답을 내놓았다. 모든 공학자들은 전자 컴퓨터의 빠른 계산 속도를 탐냈다.

인간 컴퓨터들 중 일부는 전자 컴퓨터가 미래를 지배하리라는 사실을 예측하지 못했다. 그러나 전자 컴퓨터는 연구 과정에 어마어마한 연산 능력과 효율성을 가져왔다. 자연에서 그러하듯이 과학의 발전에서도 '진화'가 발생했다. 필요한 특성은 남고 더 이상 쓸모없는 특성은 사라졌다. 가령, 프로펠러 연구는 한때 랭글리 항공 연구소의 가장 중요한 연구 중 하나였지만 속도가 더 빠른 제트 엔진을 연구하면서 설 자리를 잃었다. 1951년이 되자 프로펠러 풍동은 더 이상 쓸모가 없다고 발표됐고 철거됐다. 프로펠러 풍동에서 일하던 공학자들은 새로운 전문 분야를 찾거나 은퇴해야 했다.

똑같은 일이 인간 컴퓨터들에게도 일어나고 있었다. 인간 컴퓨터들은 스스로를 발전시켜야 했다. 그렇지 않으면 더 이상 아무 쓸모가 없게 될 터였다. 전자 컴퓨터가 곧바로 수학자들의 일자리를 위협한 것은 아니었지만 도로시 본은 전자 컴퓨터를 능숙하게 사용할 수 있는 능력이 일자리를 지키는 열쇠가 될 것이라고 생각했다. 랭글리 항공 연구소가 퇴근 후와 주말에 컴퓨터 프로그래밍 수업을 하기 시작하자 도로시 본은 곧바로 수업에 등록했다. 그리고 자신의 팀에 있는 여성들에게도 수업에 등록하라고 독려했다.

도로시는 백인 컴퓨터들과 흑인 컴퓨터들 사이에 더 직접적인 경쟁이 벌어질 것이라고 생각했다. 흑인 여성들은 기준을 충족하거나 아니면 기준을 더 넘어서야 했다. 그렇지만 도로시는 자신들이 준비만 제대로 한다면 새로운 기회가 생길 것이라고 생각했다. "인종 간의 통합이 이루어질 것입니다." 도로시는 말했다. 도로시는 인종 차별이 점차 흐릿해지고 자기 자신과 자신의 팀이 중요한 임무를 하는 위치에 설 수 있을 것이라고 생각했다. 그리고 그 중요한 임무는 전자 컴퓨터를 전문적으로 다룰 수 있는 사람들에게 맡겨질 것이라고 생각했다. 흑인 여성들은 계속 앞으로 나아가기 위해서 교육받을 기회가 있다면 무엇이든 놓치지 말아야 했다.

도로시는 찾을 수 있는 컴퓨터 프로그래밍 수업을 모두 찾아 닥치는 대로 들었다. 랭글리 항공 연구소는 근무 시간 후에 '항공 역학'에 대한 연속 강의를 열었다. 다른 강의들은 햄프턴 대학, 랭글리 공군 기지, 윌리엄 앤드 메리 대학, 뉴포트 뉴스 고등학교 등에 개설됐다.

햄프턴 고등학교는 버지니아 대학교의 부설 학교 자리에 있었고, 랭글리 항공 연구소의 캠퍼스 중 하나였다. 매일 저녁, 랭글리 항공 연구소에 근무하는 최고 연구자들이 그 도시의 유일한 공립 고등학교인 햄프턴 고등학교에서 연구소 직원들에게 수업을 했다. 그렇지만 햄프턴 고등학교는 흑인들의 출입을 금지했고 흑인들은 햄프턴 대학에 있는 피닉스 고등학교로 보내졌다.

공립 학교의 인종 분리 정책은 전국적으로 뜨거운 주제였다. 정치인들과 일반 시민들은 교육의 질에 대해 논쟁을 벌였다. 특히 소련 학생들과 비교해서 미국 학생들의 수학 실력과 과학 실력이 어떠한지에 대해 뜨겁게 논쟁했다. 미국과 소련 사이의 균열이 심해지자 과학 기술 능력의 수준을 높여야 한다는 목소리가 점점 더 커졌다. 냉전 기간에는 공산주의와 스파이에 대한 사람들의 공포가 폭발했다.

미국에서는 과학 기술 분야에 흑인이 참여하는 문제로까지 토론이 확장됐다. 수학과 과학을 잘하는 똑똑하고 뛰어난 학생들을 발굴하고 싶다면, 왜 흑인 아이들을 질 낮은 학교에 보내서 그들의 능력을 낭비하는 것인가? 캐서린 고블, 도로시 본, 메리 잭슨, 그리고 랭글리 항공 연구소의 다른 여성 컴퓨터들은 여성이 남성만큼이나 수학을 잘한다는 사실과, 흑인이 다른 누구만큼이나 수학에 재능이 있다는 사실을 매일 몸소 증명하고 있었다.

여성 공학자

메리 잭슨은 새로운 임무에서 자신의 수학 기술을 잘 활용했다. 풍동 연구부에 처음 배치됐을 때부터, 메리의 새로운 상관은 메리에게 풍동을 작동시키는 법, 풍동의 엔진을 점화하는 법, 시험 구간에 모형을 두는 법 등을 가르쳤다. 풍동 연구부의 연구는 미사일을 설계하는 데 이용됐다. 메리가 한 작업은 최종적으로 상관과 함께 공동 저자로 이름을 올린 보고서로 정리됐다. 1958년에 발표한 보고서 〈초음속 상태에서 원뿔의 이동이 각도와 마하수에 미치는 영향〉이었다.

메리의 상관은 메리의 실력에 놀라워하며 '공학자 훈련 프로그램'을 들으라고 제안했다. 메리는 누구나 인정할 만한 능력과 열정을 갖추고 있었고, 게다가 자신을 믿어 주는 상관도 있었다. 메리는 흑인이고 그가 백인이라는 사실은 중요하지 않았다. 메리는 여성이고 그는 남성이라는 사실도, 메리는 남부 출신이고 그는 북부 출신이라는 사실도 중요하지 않았다. 중요한 사실은 두 사람 다 수학을 사랑하고, 두 사람 다 비행기를 사랑한다는 사실이었다. 그는 메리가 공학자로서의 재능을 갖고 있다는 사실을 알아차렸다.

이 당시는 공학자로 일하는 백인 여성도 거의 없던 시기였다. 흑인이든 백인이든, 랭글리 항공 연구소에서 일하는 여성 전문가들 중 대다수는 여전히 컴퓨터나 수학자로 분류됐다. 미국 내의 어떤 지역에도 여성 공학자는 드물었다. 미국의 명문 공학 학교들 대부분이 여성을 받지 않았기 때문이다. 1950년대 중반, 랭글리 항공 연구소에서 일하던 유일한 여성 공학자인 키티 오브라이언 조이너는 1939년에 공학 학교 학부 과정에 입학하기 위해서 버지니아 대학에 소송을 제기해야만 했다. 공학자로 일하는 흑인 남성들 또한 거의 없었다. 그런데 메리는 더 특별한 경우였다. 바로 흑인 여성 공학자가 되려 하고 있던 것이다. 1952년까지, 하워드 대학교에는 개교 이래 공학을 전공한 여성 졸업자가 오직 2명밖에 없었다. 메리는 랭글리 항공 연구소 최초의 흑인 여성 공학자가 되기 위한 길에 들어섰다.

메리의 상관은 메리를 공학자가 되기 위한 길로 안내했다. 그리고 메리에게 고급 수학 과정들을 성공적으로 수료한다는 조건으로 승진을 약속했다. 그렇지만 막상 메리가 고급 수학 과정에 등록하려고 하자 지역의 고등학교가 장애물로 다가왔다. 어떠한 훈련을 받기 위해서든 일단 햄프턴 고등학교에 들어갈 수 있는 허가를 받아야만 했다. 만약 메리가 경비로 지원했다면 별문제 없이 환영받았을 것이다. 그러나 전문 공학자 훈련생으로서 백인들만 다니는 고등학교에 출입하기 위해서는 '특별 허가'를 받기 위해 햄프턴 시 당국에 청원을 해야 했다.

메리는 교육 위원회에 청원을 하기 전에 이를 악물고 숨을 깊이 들이마셨다. 자신에게는 커다란 목표가 있고 곁길로 새고 싶지 않다고 스스로에게 말했다. 메리는 자존심을 굽히고 특별 허가를 요청했고 햄프턴 시는 이를 승인해 줬다.

햄프턴 고등학교에 대한 실망

메리 잭슨은 예전부터 햄프턴 고등학교 앞을 셀 수 없이 많이 지나다녔다. 햄프턴 고등학교는 메리의 집에서 그리 멀지 않은 도심 한복판에 있었다. 하지만 메리는 지금까지 한 번도 그 안에 발을 들이지 못했다. 1956년 봄, 수업이 시작하는 첫날 메리는 몹시 초조했다. 동급생들은 지난 5년 동안 매일 함께 일한 동료들이었지만 랭글리 항공 연구소 밖에서 그들과 만난다는 사실은 완전히 다르게 느껴졌다. 게다가 백인들만 다니는 학교 안에 들어간다는 점도 걱정됐다. 그렇지만 막상 교문 안으로 걸어 들어가자 메리는 전혀 예기치 못한 충격에 휩싸였다. 햄프턴 고등학교는 퀴퀴한 냄새가 나고 있었고 쓰러지기 직전의 낡은 건물이었다.

메리 잭슨은 할 말을 잃고 멍하니 서 있었다. '이곳이 햄프턴 시의 모든 흑인 아이들이 지금껏 입학을 거부당한 곳이란 말인가?'

흑인과 백인이 서로 다른 학교에 다녀야 하는 일이 얼마나 무의미한가를 생각했다. 만약 시 당국이 재원을 합친다면 흑인 학생과 백인 학생 모두가 다닐 수 있는 아름다운 학교 하나를 지을 수 있을 것이다. 남부 지역 곳곳에서, 시 당국들은 비효율적인 분리 정책을 유지했고 이는 흑인 학생과 백인 학생 모두에게 손해였다.

개척자들

인종 분리 정책에 대항하는 전투의 맨 앞에 서는 일은 마음이 여린 사람은 절대 하지 못할 일이었다. 메리 잭슨에게는 토마스 버드송이라는 친구가 있었다. 그는 1952년에 랭글리 항공 연구소에 입사한 흑인 남성 공학자였다. 메리의 남편인 레비 잭슨은 요리를 무척 잘했고 토마스는 잭슨 부부의 집에 와서 저녁 먹는 것을 좋아했다. 이들은 크게 웃고 수다를 떨고 연구소 일에 대해 이야기를 나누며 레비가 만든 음식을 즐겼다.

토마스 버드송은 미시건 대학교를 막 졸업하고서 풍동 부서의 수석 공학자 아래에서 일하기 시작했다. 상관은 토마스에게 첫 테스트를 어떻게 수행하면 되는지 가르쳐 준 다음 파트너를 붙여 주었다. 토마스 옆에서 보조를 할 정비공이었다. 이 정비공은 랭글리 항공 연구소에서 오래 일한 백인 남성이었다. 그는 테스트 동안 모형을 부정확하게 결합시키는 방법으로 토마스의 첫 실험을 고의적으로 방해했다. 토마스는 자신이 피해를 입은 사실을 알아차렸지만 아무 항의도 하지 않았다. 그는 남부 출신이었고 어떤 종류의 분쟁에서도 흑인보다 백인을 더 믿고 변호할 것이라는 사실을 너무나 잘 알고 있었다.

토마스가 데이터를 제출하자 그의 상관은 정비공이 고의적으로 방해를 했다는 사실을 알아차렸다. "이 사람이나 다른 어떤 사람에게도 다시는 이런 짓을 절대 하지 마세요! 알겠습니까?" 상관이 정비공에게 소리를 질렀다.

토마스는 차분하게 하던 일을 계속하려고 애썼지만 화를 억누른다 해서 해결될 일이 아니었다. 랭글리 항공 연구소에 근무하는 흑인 남성들은 여성들보다 인종 문제 때문에 더 많이 고생했다. 좋은 매너와 품위 있는 태도가 그들을 항상 보호해 주지는 않았다. 백인 공학자들은 대개 흑인 남성들에게 예의를 지키고 존중을 보였다. 그러나 정비공, 모형 제작자와 같은 기술자들은 그렇지 않았다.

인종을 두고 벌어지는 끊임없는 전투는 토마스를 지치게 만들었다. 캐서린이 그랬던 것처럼, 토마스는 인종 차별이 이루어지는 곳에서 잠시라도 빠져나올 방법을 찾았다. 토마스와 그의 친구 한 명은 매일 점심시간마다 공군 기지 입구 바로 옆에 있는, 흑인이 운영하는 레스토랑으로 잠시 탈출했다. 그곳에서는 잠시나마 자기 자신으로 있을 수 있었다.

토마스 버드송, 메리 잭슨, 그리고 랭글리 항공 연구소에서 일하는 다른 모든 흑인들은 각자 자신만의 방식으로 백인과의 관계를 헤쳐 나가야 했다. 연구소에서 흑인 직원들이 맞닥뜨리는 문제는 미국 전역에서 일어나고 있던 갈등과 크게 다르지 않았다. 시민권 운동이 점점 힘을 얻고 있었고 전국의 흑인들은 교실에서, 투표소에서, 법률 개정을 논의하는 국회의사당에서 자신들의 자유와 권리를 확고히 하기 위해 애쓰고 있었다.

한편, 세계 무대에서는 미국과 소련 사이의 냉랭한 관계 때문에 사람들이 계속 불안해했다. 두 열강은 지구와 우주의 통제권을 두고 팽팽히 맞서고 있었고 정치와 과학 기술의 두 가지 면에서 서로 싸움을 걸었다. 미국과 소련 모두 과학적 기량을 뽐내고 하늘을 지배하기를 원했다. 세계 역사는 인류가 우주를 경험하기 직전 새로운 발견들이 이루어지는 정점에 서 있었다. 문제는 누가 먼저 우주에 가게 될 것인지였다.

젊고 재능 있는 흑인

메리 잭슨이 NACA가 초음속 비행기를 만드는 것을 한창 돕고 있던 시기에, 고등학교에 다니는 여자아이들은 자신의 미래에 대해 다양한 가능성들을 상상하기 시작했다. 여전히 교사라는 직업이 선택할 수 있는 가장 좋은 직업이었지만 이제 선택 대상들이 더 다양해져 있었다.

1957년 10월 5일, 노스캐롤라이나 주 애시빌에 있는 알렌 여자고등학교 3학년인 크리스틴 만은 아침에 제일 먼저 기숙사 방에서 나와 학교 도서관으로 걸어갔다. 크리스틴은 도서관 문을 열고 다른 사람이 오기 전에 신문과 잡지를 정리하는 일을 맡아서 하고 있었다. 크리스틴은 신문과 잡지를 정리하며 주요 뉴스 제목들을 눈으로 죽 훑었다.

전국의 신문들은 아칸소 주의 리틀록에서 벌어지고 있는 인종 갈등에 대해 계속 보도하고 있었다. 백인 학교인 센트럴 고등학교에 등교하려던 9명의 흑인 십 대들로 인해 리틀록이 전쟁터로 바뀌었다는 뉴스였다.

아칸소 주는 주 방위군을 동원해서 흑인 학생들의 등교를 막았다. 연방 정부는 이에 대응하여 학생들을 학교에 들여보내기 위해 미 육군을 파견했다. 시간이 흐르면서 갈등은 더 증폭됐고 매일 아침 크리스틴은 용감한 또래 아이들의 뉴스를 관심 있게 지켜봤다.

이 대결이 신문을 장악하고 있는 동안, 갑자기 소련이 인공위성 '스푸트니크'를 쏘아 올렸다. 소련이 인공위성을 만들고 궤도에 진입시킨 것이다. 게다가 미국보다 한발 앞서 해낸 것이다. 이 사건은 냉전으로 이미 두 나라 사이에 긴장이 고조되어 있는 상황에서 모두를 초조하게 만들었다.

랭글리 항공 연구소에서는 약 580킬로미터 떨어진 지구 위에서 소련보다 더 나은 결과를 내야 한다는 압박감을 느끼고 있었다. 지구에서부터 약 580킬로미터는 인공위성이 지구 주위를 회전하는 궤도의 높이였다. 공학자들에게 우주에서 소련을 꺾는 일은 개인의 자존심과 전문가의 자존심 모두가 달린 문제였다.

미국의 다른 곳들에서는 정치적인 불안감이 커져갔다. "공산주의자들이 만든 인공위성이 미국을 감시하고 있다." 뉴포트뉴스 지역의 신문인 〈데일리 프레스〉가 보도했다. "커다란 구체가 미국을 사방팔방에서 뒤쫓고 있다." 〈뉴욕타임스〉가

소련이 만든 '스푸트니크 1호'의 모형.
우주로 보내진 최초의 인공위성이다.
국립 항공 우주 박물관과 NASA 제공

보도했다.

이 뉴스를 읽고 난 크리스틴은 마치 잠들었다가 다른 세상에서 깨어난 듯한 느낌을 받았다. 1957년 10월 4일, 전 세계가 제2차 세계대전으로 인한 파괴 이후 재건을 하던 전후 시대에 종지부를 찍었다.

1957년 10월 5일 아침은 우주 시대의 공식적인 첫날이었다. 지구의 대기권을 뚫고 날아가서 우주를 방문하고 싶다는 인류의 오래된 소원이 이루어진 첫날이었다. 미국의 아이젠하워 대통령은 소련이 만든 '하늘에 떠 있는 작은 공'을 대수롭지 않은 성과로 깎아내리려고 애썼다. 그렇지만 미국 국민들은 진실을 알고 있었다. 일부 전문가들은 '스푸트니크'가 과학 기술 전쟁의 선전 포고나 다름없다고 주장했다. 첫 번째 싸움에서는 소련이 이겼지만 우주 개발 경쟁은 이제 방금 막을 올린 참이었다.

스푸트니크 시대

이것으로 미국은 1900년대에 벌써 세 번째로 다른 나라들에 뒤처지게 됐다. 제1차 세계대전이 끝날 무렵, 미국은 충분한 비행기를 보유하고 있지 못했기 때문에 정부 차원에서 NACA를 만들었다. 미국의 항공 산업은 제2차 세계대전이 시작할 무렵에는 독일에게 뒤처져 있었다. 전쟁이 진행되는 동안 세계에서 가장 큰 규모로 성장했지만 이제 소련으로부터 세 번째 뒤처진 것이었다.

스푸트니크뿐만이 문제가 아니었다. 소련은 많은 미사일을 보유하고 있었다. 핵폭탄을 싣고 미국의 대도시까지 날아올 수 있는 힘을 가진 미사일들이었다. '미사일 격차'라는 새로운 용어가 정치계, 언론계, 일반인들의 대화에 오르내리기 시작했다.

흑인 신문들과 흑인들은 우주 개발 경쟁에서 미국이 보이는 무능과 미국 남부에서 많은 흑인들이 직면하고 있는 끔찍한 상황을 연결 짓기 시작했다. "우리가 앨라배마 대학교 교정에서 최초의 흑인 여성 입학생이었던 '오서린 루시'를 쫓아내려고 폭동을 일으키는 동안, 소련의 '모든' 아이들은 좋은 학교에서 평등하게 의무 교육을 받고 있었다. 〈시카고 디펜더〉 신문이 말했다. 또한 미국이 인종 불평등에 대한 관점을 바꾸고 모든 학생에게 동등한 기회를 주지 않는다면 결코 세계를 이끌 수 없을 것이라고 말했다.

클리블랜드 지역의 신문인 〈콜 앤드 포스트〉 신문에 실린 사설 또한 같은 주장을 펼쳤다. "인공위성 발사가 지연되고 있는 것이 인종 분리 교육 정책 때문이 아니라고 누가 말할 수 있겠는가? 인종 분리 정책은 과학 기술 난제를 해결할지도 모르는 흑인 과학자들의 기회를 박탈하고 있다."

크리스틴 만은 이런 기사를 읽으면 복잡한 감정이 들었다. 두려움도 느꼈다. 원자 폭탄이 세계 최초로 일본에 투하됐을 때 크리스틴은 고작 3살이었다. 크리스틴의 세대는 핵전쟁으로 인류가 멸망할 수도 있다는 불안을 안고 자란 최초의 세대였다.

미국은 핵전쟁에 대해 매우 불안해했다. 검은색 바탕에 노란색 삼각형들이 그려진, '방사성 낙진 지하 대피소' 표지판이 공공장소에 생겨났다. 적으로부터 핵 공격을 받았을 때 대피할 수 있는 지하 방공호의 위치를 알려 주는 표지판이었다. 학교에서는 학생들에게 대피 경보가 울리면 책상 아래 몸을 숨기고 얼굴을 감싸라고 훈련시켰다.

냉전 시대에는 핵 공격이나 화학전이 일어날 경우 보호받을 수 있는 대피소가 어디 있는지 알려 주는, 까만색 바탕에 노란색 삼각형들이 그려진 '방사성 낙진 지하 대피소' 표지판이 사용됐다.

미 연방 고속도로국 제공

크리스틴은 지구 주위를 돌고 있는 인공위성을 보며 두려움과 동시에 경이로움, 그리고 전율을 느꼈다. 지구 너머의 세계는 항상 신비로운 곳이었다. 우주여행은 일을 벌이기 좋아하는 인류가 밟아야 할 다음 과제였다. 더 이상 SF소설에나 나오던 이야기가 아니었다.

크리스틴을 비롯해 다른 많은 미국인들은 소련이 미국보다 먼저 우주여행을 할까 봐 두려워했다. '그들이 우리를 이기도록 내버려 둘 수 없지.' 크리스틴은 생각했다. 랭글리 항공 연구소에서 일하는 사람들과 미국 전역의 시민들도 같은 마음이었다.

새로운 시대

크리스틴은 알렌 여자 고등학교에 입학하기 3년 전에 노스캐롤라이나 주의 먼로에 있는 공립 학교에 다녔다. 크리스틴은 그날을 기억하고 있었다.

1954년 5월 17일, 교장 선생님이 8학년 교실에 들어오더니 큰 소리로 말했다. "연방 대법원이 방금 〈브라운 대 교육 위원회〉 소송에 대해 판결을 내렸습니다. 앞으로 여러분은 백인 학생들과 같은 학교에 다닐 수 있게 됐습니다." 모두 합쳐 〈브라운 대 교육 위원회〉 소송이라고 알려진 5건의 유명한 소송들과 관련하여 연방 대법원은 공립 학교에서 흑인 학생들과 백인 학생들을 분리하여 교육하는 것은 불법이라는 판결을 내렸다.

〈브라운 대 교육 위원회〉 법정 소송 사건은 도로시 본과도 특별한 관계가 있었다. 바바라 존스라는 이름의 16세 소녀는 팜빌에 있는 모턴 고등학교 학생이었다. 모턴 고등학교는 바로 도로시가 수학 교사로 근무했던 곳이었다. 바바라는 모턴 고등학교의 빽빽한 교실과 낡을 대로 낡은 교과서가 지겨웠다. 학교의 고장 난 스쿨 버스 중 한 대가 다른 자동차와 충돌하는 사고가 일어나 5명의 학생들이 목숨을 잃자 바바라는 적극적으로 맞서기로 마음먹었다. 바바라는 학교 친구들을 이끌고 동맹 휴업을 했다. 정부가 흑인 학교의 상태를 개선하기 전까지 등교하지 않겠다는 주장이었다.

물론 도로시 본의 친척 아이들도 동맹 휴업에 참여했다. 바바라는 변호사들과 만났고, 변호사들은 학생들이 국가 교육 위원회를 상대로 소송을 제기하는 것을 도왔다. 비록 수년이 걸렸지만 바바라 존스와 친구들이 제기한 소송은 연방 대법원까지 갔고 결국 〈브라운 대 교육 위원회〉 판결을 이끌어 냈다.

이는 미국 공립 학교의 인종 분리 정책을 폐지하고자 했던 모든 이들의 승리였다. 또한 백인과 흑인 모두에게 커다란 변화를 의미하는 것이기도 했다.

크리스틴과 학교 친구들은 교장 선생님의 발표를 듣고 충격에 휩싸였다. 크리스틴은 미국 남부의 소도시에 있는 인종 분리 지역에 살고 있었다. 그곳에 살고 있는 이웃 모두가 흑인이었다. 의사, 교사, 환경미화원 할 것 없이 모두가 흑인이었다. 크리스틴이 사는 지역의 주민들 중 대부분은 철도 회사에서 일하며 생계를 꾸렸다. 흑인 여성들은 방적 공장에서 일을 하거나 백인 가정의 가정부로 일했다.

인종 분리 정책이 알고 있던 세상의 전부였던 크리스틴은 두려웠다. 자신과 친구들이 백인 아이들로 들어찬 교실에서 백인들과 비교해 충분히 훌륭하거나 똑똑하지 않을까 봐 걱정됐다. 빽빽한 교실에서 낡아 빠진 교과서로 공부했던 흑인 학생들이 철도 선로 건너편에 사는 백인 아이들을 무슨 수로 상대할 수 있을까?

그렇지만 크리스틴의 부모님은 도로시 본, 캐서린 고블, 메리 잭슨의 부모님들과 마찬가지로 딸의 미래를 위해서라면 무슨 일이라도 하려 했다. 크리스틴의 부모님은 '교육, 정직, 노력, 그리고 성품'의 중요성을 믿었다. 크리스틴의 아버지는 보험 판매원으로 성실하게 일하면서 가족을 책임졌다. 덕분에 크리스틴의 가정은 동네에 자동차를 갖고 있는 몇 안 되는 흑인 가정 중 하나였다.

알렌 여자 고등학교에서의 시간은 크리스틴에게 좋은 출발을 준비하게 해 주었다. 카리스마 넘치는 기하학 선생님을 만난 덕분에 수학에 대한 흥미가 불타올랐고 수학자가 되어 자신의 재능을 발휘하는 미래를 그려 보기 시작했다. 크리스틴은 흑인 대학에 입학하는 가족 전통에 따라 여러 학교 중 햄프턴 대학를 선택했다.

크리스틴은 고등학교 3학년이 되기 직전의 여름방학 때 친구 언니의 대학 졸업식에 참석했다. 그리고 햄프턴 대학의 우아한 교정과 바다에서 불어오는 산들바람에 금세 반해 버렸다. 크리스틴은 햄프턴 대학에 지원했고 흑인 대학 기금 협회에서 장학금을 받았다.

크리스틴은 1958년에 알렌 여자 고등학교를 졸업했다. 인공위성 '스푸트니크'가 우주로 발사된 1957년 10월부터 크리스틴이 졸업생 대표로 고별사를 하던 1958년 봄까지, 소련은 우주에 인공위성 두 대를 더 쏘아 올렸다. '스푸트니크 2호'와 '스푸트니크 3호'였다.

1958년 8월, 크리스틴은 가족과 함께 노스캐롤라이나 주를 떠나서 햄프턴 대학이 있는 북쪽으로 이동했다.

크리스틴은 그때 몰랐다. 햄프턴으로 가기로 한 자신의 결정 덕분에 나중에 자신이 랭글리 항공 연구소에서 수학자로 일하게 되리라는 사실을 말이다. 크리스틴의 가족이 탄 자동차가 해안을 향해 갈수록, 노스캐롤라이나 주의 산들은 점점 더 납작해졌다. 항상 산을 사랑하던 크리스틴이었지만 제임스 강을 처음 본 순간 엄청난 장관에 숨이 턱 막혔다. 제임스 강을 건넌 후 버지니아 주의 햄프턴이 점점 더 가까워지자 무슨 일이든 할 수 있을 것 같다는 기분이 들기 시작했다.

단 하루 만에 생긴 변화

하늘을 올려다보며 저녁 시간을 보내는 사람은 크리스틴뿐이 아니었다. 캐서린 고블은 1957년 10월의 따스한 어느 날 밤에 하늘에서 깜박거리는 빛을 지켜봤다. 미국인들은 버지니아 주 햄프턴에 있는 랭글리 항공 연구소와 전국 곳곳에서 놀라움과 두려움이 뒤섞인 마음으로 하늘을 올려다봤다. 미국인들은 소련의 인공위성 '스푸트니크'를 찾아보려고 애쓰면서 스스로에게 물었다. "궤도에 쏘아 올린 83킬로그램짜리 금속구가 과연 우리를 볼 수 있을까?"

사람들 사이에서는 라디오 다이얼을 돌리면서 인공위성의 삐 하는 소리를 추적하는 것이 일종의 놀이가 됐다. 상상 속 별세계에 사는 귀뚜라미가 우는 소리 같았다. '스푸트니크'였다.

1940년대까지만 해도 지구의 대기권을 넘어서 날아갈 수 있는 비행기를 설계하는 일은 지나치게 허황되게 느껴졌다. 그러나 '스푸트니크'가 머리 위에서 96분에 한 번씩 지구를 돌고 있었다. 미국인들은 자기 나라가 어쩌다가 소련에 뒤처지게 됐는지 알고 싶었다.

손해가 막중했다. 아니 적어도 이 당시에는 그런 것처럼 보였다. "우주에 1등으로 간 것은 모든 면에서 1등이라는 뜻입니다." 상원 다수당 대표인 린든 B. 존슨이 말했다. "우주에 2등으로 간 것은 모든 분야에서 2등이라는 뜻입니다."

우주를 향한 도전

캐서린 고블은 랭글리 항공 연구소의 다음 도전은 무엇일지 궁금했다. 스푸트니크가 캐서린에게 그 답을 알려줬다.

비행기 연구에 집중하는 랭글리 항공 연구소에서 '우주'라는 단어는 오랫동안 '금기어'였다. 연구자들은 우주를 연구하는 데 시간을 허비해서는 안 됐다. 의회는 연구자들에게 국민의 피 같은 세금을 공상 과학 소설이나 유인 우주 비행 같은 헛된 꿈에 낭비하지 말라고 경고했다. 랭글리 항공 연구소는 바로 여기 지구에서 실제로 사용할 수 있는 비행기를 설계하고 기능을 향상시키는 임무를 수행해야 했다.

그렇다고 랭글리 항공 연구소의 공학자들이 고속 비행 연구와 관련해서 알아낸 미사일 모양, 로켓 엔진, 재진입 문제에 대한 해결책을 우주 비행선에 적용하는 상상까지 그만둔 것은 아니었다. 우주로 발사되는 모든 비행기는 일단 지구 대기권의 여러 층들을 통과해야 한다. 점점 속도를 내어 음속 장벽을 통과하고 지구 중력을 이겨낸 다음 시속 2만 9천 킬로미터의 속도로 안정을 찾아야 한다. 이 속도는 물체를 지구 궤도에 안착하게 만든다. 다시 지구로 돌아올 때는 점점 밀도가 높아지는 대기의 마찰을 빠져나와야 하고, 화씨 3,000도에 이르는 온도를 이겨내야만 비로소 지구로 돌아올 수 있다.

소련이 우주에서 미국보다 먼저 유리한 출발을 했기 때문에 미국은 우주 개발 경쟁에 합류하고 싶어 안달이었다. 그렇지만 우주선을 쏘아 올리는 방법에 대해서는 공학자들의 의견이 분분했다. 어떤 공학자들은 우주선을 비행기처럼 설계해서 우아하게 지구의 궤도를 돌고 난 후 대기권을 통과해 미끄러지듯 돌아오면 된다고 했다. 하지만 이 방법은 시간이 지나치게 많이 들었다. 소련을 이기는 일이 가장 우선이 되면서 공학자들은 우주에 갈 수 있는 가장 빠르고 확실한 방법을 찾아야 한다는 압박감에 시달렸다.

캐서린 고블이 일하는 비행 연구국은 실제 비행기를 앞에 두고 연구했다. 랭글리 항공 연구소의 또 다른 팀인, 무인 항공 연구국은 로켓 연구에 전문이었고 버지니아 해변에서 떨어진 월롭스 섬에 테스트 로켓을 쏘아 올릴 수 있는 시험대를 세워 놓았다. 무인 항공 연구국이 만든 로켓들은 이전 테스트들에서 비행 중 마하 15의 속도에 도달했다.

이 팀의 공학자들은 자신들이 만든 로켓이 인공위성과 우주 비행사를 지구 밖의 궤도로 보낼 만큼 충분히 강력하다고 자신했다. 비행 연구국과 무인 항공 연구국의 공학자들은 우주 개발 경쟁에서 소련을 따라잡기 위한 아이디어를 끊임없이 내놓고 있었다.

버지니아 주 월롭스 섬에 있는 비행 기지 발사대를 하늘에서 내려다본 사진.

NASA 제공

NACA에서 NASA로

많은 정부 기관들이 우주 프로그램을 담당하고 싶어 했다. 미 공군, 미 해군 천문대, 육군 탄도 미사일 개발국 등이 이 임무에 입찰했지만, 결국 캐서린, 메리, 도로시, 그리고 다른 여성 컴퓨터들이 일하는 NACA가 우주 프로그램을 이끌기로 결정됐다. 모두가 흥분했다. 버지니아 주 햄프턴이 우주 프로그램의 중심지가 되는 것이었다. 1958년 10월, 미국 정부는 우주 개발 사업에 관련된 다양한 팀들을 모두 한데 모으고서 이 정부 기관에 새로운 이름을 붙였다. 미국 항공 우주국, 즉 NASA가 탄생하는 순간이었다.

NACA가 NASA라는 이름으로 바뀌었지만, 바뀐 것은 이름뿐만이 아니었다. NACA가 조용하고, 잘 알려져 있지 않고, 눈에 띄지 않는 곳이었던 반면, NASA는 모두에게 주목받고 있고, 거액의 이권이 걸려 있고, 전 세계가 지켜보는 곳이었다.

NASA에서 일하는 여성들 또한 대중에게 더 노출됐다. 예전에 NACA 공학자들이 하던 연구는 군대와 항공 제조 회사에서 하는 공공 임무 뒤에 가려져 있었다. 그렇지만 이제 NASA는 '자신의 활동에 관련된 실용적이고 적절한 정보를 대중에게 제공해야 하는' 임무를 새롭게 맡게 됐다. 이는 NASA에서 하는 모든 일이 미국 국민들의 소유라는 의미였다.

NASA가 하는 모든 일들은 성공하든, 실패하든 결과와 상관없이 미국 국민들에게 그대로 노출되고 텔레비전으로 방송될 예정이었다.

캐서린 고블 역시 소련을 이기고 싶었다. 캐서린은 소련이 던진 '스푸트니크 도전장'에 맞서 싸우고 싶었다. 국가적 자존심도 자존심이지만, 아무도 시도하지 않고, 아직 검증되지 않고, 아무도 탐험하지 않은 무언가를 해내고 싶은 욕심도 있었다. 캐서린은 인간을 우주로 보내는 방법을 연구하는 팀의 일원이 되고 싶었다.

서쪽 지구 계산부의 해체

1958년, NASA의 탄생을 요구하는 국가 항공 우주법이 의회를 통과했다. 그리고 이제는 랭글리 항공 연구소가 아닌 랭글리 연구 센터에 작은 메모 한 장이 돌았다. "서쪽 지구 계산부가 해체될 예정이다." 서쪽 지구 계산부에 일하는 흑인 여성 수학자들은 백인 여성 수학자들이 그러했듯이 그동안 천천히 조금씩 여러 공학팀에 정규직으로 배치됐다. 현재는 흑인 여성 컴퓨터 9명만이 도로시의 팀에 남아 있었다.

도로시는 1947년에 동쪽 지구 계산부가 해체됐을 때부터 이런 날이 언젠간 올 것이라는 사실을 알고 있었다. 연구소에 생긴 새로운 시설들은 연구소에 근무하는 전문가들에게 전공 분야 특화를 강력히 요구했고 수학자들도 예외는 아니었다. 중앙 계산부를 운영하겠다는 도로시의 생각은 물거품이 됐다.

계산부는 NACA의 여성들에게 귀한 기회를 만들어 줬다. 전문 수학자로서 연구소에서 근무할 수 있었던 것은 여성에게 매우 가치 있고 획기적인 일이었다. 특히 흑인 여성에게는 더욱 그랬다. 그러나 이제 시대가 바뀌고 있었다. 항공 연구는 점점 더 복잡해졌고 연구소에는 훨씬 더 전문적인 지식을 갖춘 수학자들이 필요했다. 도로시 후버, 캐서린 고블, 메리 잭슨과 같은 여성들은 서쪽 지구 계산부에서 시작해 차츰 앞으로 나아갔다. 이제 계산부 자체와 계산부의 리더 역시 앞으로 나아가야 할 때였다.

서쪽 지구 계산부의 해체는 도로시 본에게 기쁘면서도 슬픈 일이기도 했다. 한편으로 서쪽 지구 계산부의 해체는 랭글리 항공 연구소에서 인종 분리 정책이 끝났다는 의미기도 했다. 이제 흑인 여성들은 자기들끼리 따로 사무실을 써야 할 필요 없이 백인 공학자들, 백인 컴퓨터들과 함께 일할 수 있게 됐다.

도로시는 캐서린 고블이나 메리 잭슨 같은 여성들의 사회생활을 지원했다. 또 서쪽 지구 계산부가 백인 여성 수학자들이 일하는 동쪽 지구 계산부보다 훨씬 일을 잘한다는 명성을 얻기 위해 열심히 노력했다. 서쪽 지구 계산부의 해체는 오랫동안 갈구한 승리를 쟁취한 것을 의미했다. 서쪽 지구 계산부의 여성들이 고수한 높은 기준은 수학에 대해 열정을 가지고 있고 교사 이외의 직업을 희망하는 여성들에게 새로운 기회를 만들어 줬다.

다른 한편으로, 서쪽 지구 계산부의 해체는 관리자로서 도로시의 경력이 끝났음을 의미하기도 했다. 도로시가 서쪽 지구 계산부 사무실의 맨 앞자리에 앉기까지는 총 8년이 걸렸다. 그 후 7년 동안, 도로시는 세계 최고의 흑인 여성 수학자들을 이끌며 일했다. 그렇지만 이제 도로시 역시 새로운 상사가 있는 다른 팀으로 이동해야 했다.

1958년 10월, 도로시 본은 48세였고 아이들은 대학 입학을 앞두고 있었다. 도로시는 자신이 인종 차별이 행해지던 사회 속에서 저항해 온 방식이 자랑스러웠고, 흑인에 대한 편견과 맞서 싸워 쟁취한 모든 승리 또한 자랑스러웠다. 도로시는 서쪽 지구 계산부에 근무하면서 많은 여성들이 계산부에서 다른 팀으로 이동하는 것을 지켜봤다. 도로시와 여성 컴퓨터들은 기회와 지원만 보장된다면 여성도 남성만큼 똑똑할 수 있다는 사실을 증명해 보였다.

도로시는 과거를 떠올리며 미적거리는 사람이 아니었다. 좋든 나쁘든, 랭글리 항공 연구소의 새로운 출발은 도로시 본에게도 새로운 출발이었다.

우주에 관한
교과서

랭글리 연구 센터에는 공학자들이 우주에 대해 공부할 수 있는 자료가 거의 없었다. 국장은 연구 센터의 직원들에게 정보를 주기 위해, 1958년 2월부터 5월까지 시리즈 강의를 계획했다. 그는 비행 연구국과 무인 항공 연구국에 근무하는 공학자들에게 다양한 주제에 대해 강의를 준비하라고 지시했다. 태양계라는 주제부터 우주에서 지구 대기권 안으로 재진입할 때 생기는 문제까지 다루어진 강의였다. 이 강의는 우주 항공학에 관련된 모든 것을 다루고 있었다.

캐서린은 우주여행에 대해서라면 배울 수 있는 모든 것을 배우고 싶었다. 캐서린은 공학자들이 강의에서 사용할 차트를 준비하는 임무를 자신에게 맡기자 매우 기뻐했다. 우주에 관한 최초의 교과서를 쓰는 일을 돕게 된 것이다.

항상 모든 일에 호기심이 강한 캐서린은 동료들이 하는 한 마디 한 마디를 귀 기울여 들었다. 또한 항공 잡지인 〈에비에이션 위크〉에 나오는 모든 기사를 한 단어도 빼놓지 않고 꼼꼼히 읽었다. 캐서린은 함께 일하는 공학자들에게서 나오는 지식을 마지막 한 방울까지 완벽하게 흡수했다. 그렇지만 그 정도로는 충분하지 않았다. 캐서린은 알았다. 진짜 작전은 강의 편집 회의에서 벌어지고 있었다. 소수가 모여서 하는 이 비밀 회의에서 공학자들은 최근에 발표된 연구 보고서들을 검토하고 이에 대해 토론했다. 캐서린은 회의에 참석하고 싶었지만 책임자들은 이것을 허락하지 않았다.

회의 테이블의 자리

비행기를 만드는 일은 엄격한 보고서 검토 과정에 비교하면 아무것도 아니었다. "가설을 제시하고, 충분히 뒷받침하고, 사람들이 믿도록 설득하라." 이게 랭글리 연구 센터의 방식이었다. NASA의 공학 기술 보고서를 쓴 저자들은 자신의 연구 결과를 설명하고 근거를 제시해서 모든 사람에게 자신의 이론이 옳다는 사실을 확신시켜야 했다. 그런 다음 그들은 주제별 전문가들에게 집중적으로 질문을 받았다. 때때로 이 질문들은 정말로 어려웠다. 회의에 참여한 위원들은 보고서에 오류, 모순, 비논리적인 결론 따위가 없는지 자세히 살폈다. 기술과 관련된 난관을 극복하고 나면 문체, 명료성, 문법 등을 점검받았다. 최종 보고서가 완성되기까지 몇 개월, 심지어 몇 년이 걸릴 수도 있었다.

캐서린은 자기 앞에 놓인 문제들을 완전히 이해하기 위해 많은 질문을 던졌다.

"왜 저는 편집 회의에 참석할 수 없죠?" 캐서린이 공학자들에게 물었다.

"여성은 회의에 참석할 수 없습니다." 동료들이 말했다.

"여성이 회의에 참석하면 안 된다는 법률이라도 있나요?" 캐서린이 물었다.

물론 그러한 법률은 없었다. "당신에게 문제가 있어서 그러는 게 아니에요." 공학자들이 말했다. 그렇다. 단지 항상 일을 하던 방식이 그랬던 것이었다. 여성을 회의에 참석하지 못하게 하는 규칙은 관행이었을 뿐, 정책이나 법률에 관련된 문제는 아니었다. 랭글리 연구 센터는 각 국장과 부서장에게 자신의 팀을 관리하는 권한을 줬다. 남성 상관들은 여성의 승진이나, 임금 인상, 회의 참석 여부를 결정했다.

랭글리 연구 센터에서 일하는 여성들은 남성들과 함께 일하는 방법을 배워야만 했다. 여성들은 공손해야 했다. 그렇지만 자신감 없어 보이는 것은 안 됐다. 대부분의 경우, 남성들은 공학자이고 여성들은 컴퓨터였다. 남성들은 분석하는 작업을 하고 여성들은 계산하는 작업을 했다. 남성들은 명령을 내리고 여성들은 그걸 받아 적었다. 만약 어떤 공학자가 어떤 여성 컴퓨터를 동료로 존중할 만한 이유를 찾지 못한다면 그 여성은 영원히 투명 인간으로 남았다. 심지어 가장 똑똑한 여성조차도 누군가 그녀에게 관심을 보이고 기회를 주지 않는다면, 반복적이고 단조로운 작업에 갇혀 있어야 했다.

여성들도 남성들과 마찬가지로 자신의 일에 커다란 흥미를 느꼈다. NASA에서 자신의 진정한 소명을 찾은 여성들은 남성 동료들과 비교했을 때 호기심, 열정, 압박감을 견디는 능력 등 모든 면에서 결코 뒤지지 않았다. 문제는 이 여성들이 낮은 기대감이라는 높은 장애물을 넘어야만 한다는 사실이었다. 이들은 자신이 남성만큼 훌륭하며 남성과 동등하게 평가받고 동등한 기회를 부여받아야만 한다는 사실을 스스로 증명해야 했다.

남성들과 함께 일하는 여성으로서 혹은 백인 위주의 직장에서 일하는 흑인 중 한 명으로서 캐서린이 어떠한 개인적 불안감을 가졌는지는 중요하지 않았다. 캐서린은 그러한 불안감이 자신을 방해하도록 내버려 두지 않았다. 캐서린이 생각하기에 남성이든 여성이든, 흑인이든 백인이든, 일단 사무실에 도착하면 '모두 동등했다.'

"왜 저는 편집 회의에 참석할 수 없죠?" 캐서린 고블이 다시 물었다. 캐서린은 만족스러운 대답을 들을 때까지 계속 질문했다. 캐서린의 질문은 조심스러우면서도 집요했다. 이 문제를 포기하지 않을 작정이었다. 인류 역사상 가장 위대한 도전이 바로 옆 사무실에서 벌어지고 있었고 캐서린은 거기에 동참하고 싶었다.

"그녀를 들여보냅시다." 마침내 공학자들 중 한 명이 몹시 짜증을 내며 말했다. 다른 공학자들도 동의했다. 안 된다고 말하기도 질린 게 분명했다. 아니 프로젝트에 동참하고 싶은 열정이 뜨거운 사람을 방해해서야 되겠느냐는 사실을 깨달은 것인지도 몰랐다.

1958년, 캐서린 고블은 마침내 랭글리 연구 센터의 비행 연구국 유도 통제부의 편집 회의에 참석할 수 있게 됐다. 비행 연구국은 곧 NASA의 항공 우주 역학국으로 이름이 바뀌었다. 캐서린은 회의 테이블에 새로 생긴 자신의 자리에 앉았다. 소속감이 느껴졌다. 캐서린은 이 공간 안에서 배울 것도 제안할 것도 많았다.

최대한 빠르면서도 신중하게

1958년, 캐서린 고블과 그녀의 연구팀은 세상에서 가장 재미있는 도전을 하고 있었다. 바로 인간을 우주로 보내는 일이었다. NASA는 우주여행을 만화책에 나오는 공상에서 현실로 바꾸기 위해 연구팀을 재편성하고 할 수 있는 모든 일을 다 했다. 새로운 임무의 중심부 역할을 할 팀으로 '스페이스 태스크 그룹STG이 꾸려졌다. STG는 무인 항공 연구국에서 선출된 많은 공학자들과 여성 컴퓨터들로 구성됐다. 이들은 첫 우주여행 임무에 적절한 이름이 필요하다고 생각했다. 그리고 로마 신화에 나오는 여행의 신 머큐리의 이름을 따서 이 임무를 '머큐리 프로젝트'라고 부르기로 했다.

이 우주 프로그램으로 인해 버지니아 주의 햄프턴은 모든 국민들의 이목을 끌어당겼다. 그렇지만 안타깝게도, 랭글리 연구 센터의 공학자들과 수학자들이 미래를 끌어안으려 하는 바로 그 순간에도, 버지니아 주는 과거에 발이 묶여 있었다. 인종 분리 정책을 포기하려 들지 않은 것이다. 버지니아 주는 하늘에 인류가 첫걸음을 내딛게 만들 곳이라는 명예와 인종 통합 정책을 전국에서 가장 노골적으로 반대하는 곳이라는 불명예를 동시에 안게 됐다.

버지니아 주에 있는 학교들은 커다란 혼란에 빠졌다. 일부 학교는 '최대한 빠르면서도 신중하게' 공립 학교의 인종 분리 정책을 없애라는 연방 대법원의 판결에 따르려고 노력했다. 그렇지만 버지니아 주의 주지사는 인종 통합 정책을 거부했고 공립 학교들의 교문을 쇠사슬로 걸어 잠갔다. 이 때문에 1958년 가을, 만 3천 명의 학생들이 학교에 가지 못하고 집에 있어야만 했다.

흑인 가정들과 백인 가정들 모두 자녀를 사립 학교에 진학시키거나 친척이 살고 있는 다른 지역으로 보내서 교육을 받게 하려고 애썼다. 1959년, 마침내 버지니아 주는 대부분의 학교를 다시 열었다. 그렇지만 프린스 에드워드 카운티의 행정가들은 인종 통합 정책을 시행하느니 학교에 재정 지원을 끊겠다고 결정했다. 결국 프린스 에드워드 카운티에 있는 학교들은 재정 문제로 1959년부터 1964년까지 폐쇄된 채로 있어야 했다.

햄프턴로즈 지역을 포함해서 버지니아 주의 다른 지역들에 있는 학교들은 인종 분리 정책을 유지한 채 계속 문을 열었다. 〈브라운 대 교육 위원회〉 판결이 인종 분리 정책이 불법이라고 판결 내렸음에도 불구하고, 1958년 가을에 랭글리 연구 센터의 흑인 직원들과 백인 직원들의 자녀들은 분리된 학교의 분리된 일상으로 각자 돌아가야 했다.

캐서린 고블은 인종 분리 정책에 반대하는 입장이었지만 한편으로는 자신의 아이들이 계속 교육받기 원했다. 캐서린은 아이들에게 우선 현재 다니고 있는 흑인 학교에서 최선을 다하라고 말했다.

캐서린은 혼자 아이들을 키우는 엄마 역할과 전문 직업인 역할 사이의 균형을 맞추기 위해 여전히 고군분투하고 있었다. 남편을 잃은 슬픔이 아직 가시지 않았지만 다른 사람들 앞에서는 절대 내색하지 않았다. 직장에서, 가정에서 바쁜 사이사이 캐서린은 정기적으로 예배를 보고 교회 성가대에서 활동했다.

그러던 1958년 어느 날, 33세의 잘생긴 육군 대위 제임스 존슨이 캐서린이 다니는 교회 성가대의 연습 시간에 찾아왔다. 그는 햄프턴에서 태어나고 자랐으며 항공기 금속 세공 기술을 훈련받았다. 제2차 세계대전 동안 그는 항공기 정비 및 수리 분야에서 전문가가 됐다. 군 복무를 마친 후에는 워싱턴

D.C.에 있는 미 상무부에서 서기로 근무했다. 또한 미 해군 예비군에 등록해서 시험용 비행기들을 수리하는 일을 했다. 제임스는 캐서린만큼이나 비행기를 사랑했다.

교회에서 서로를 만나게 된 캐서린과 제임스는 데이트를 시작했다. 제임스는 군대에 헌신했기 때문에 캐서린이 랭글리 연구 센터의 일에 전념하는 것을 쉽게 이해했다. 또한 제임스는 캐서린이 하는 일의 비밀스러운 성격과 오랜 시간 일해야 하는 사정을 세심히 헤아려 줬다. 소련과 치열한 경쟁을 벌인 이 집중 기간 동안 랭글리 연구 센터 직원들은 밤 10시나 그 이후까지 일할 때가 많았다.

머큐리 프로젝트

캐서린은 머큐리 프로젝트에 관련된 새로운 임무 때문에 매일 오랜 시간을 일해야 했다. 조금만 덜 급박했다면 NASA의 연구자들은 자신들의 임무에 더 천천히 더 체계적으로 접근하면서 우주여행에 관련된 모든 방법을 세심하게 조사했을 것이다. 그렇지만 소련이 압도적인 우위를 선점한 것처럼 보였기 때문에 NASA는 우주에 갈 수 있는 가장 단순하고, 가장 빠르고, 가장 믿을 만한 방법을 하루속히 찾아야 했다.

공학자들은 머큐리 프로젝트를 여러 요소로 쪼개는 방법으로 문제에 접근했다. 한 팀은 공기 저항을 최소화하기 위해서는 항공기를 유선형으로 만들어야 한다고 설명했다. 또 다른 팀은 항공기가 지구 대기권에 재진입할 때 극도의 열기를 가장 효율적으로 피하기 위해서 바늘 모양의 구조를 이용해야 한다고 설명했다. 코르크 마개처럼 생긴 뭉툭한 몸통을 추천하기도 했다. 이러한 몸통은 지구로 돌아올 때 충격파를 생성하기 때문에 극도의 열기를 최소화하고 안에 탑승한 비행사를 안전하게 보호할 수 있다고 했다.

우주선이 작아야 했기 때문에 우주 비행사는 키가 180센티미터 이하여야 하고 몸무게는 80킬로그램 이하여야만 했다. 우주 비행사 지원자는 최소한 학사 학위가 있고 40세 미만의 자격을 갖춘 시험 비행 조종사여야 했다. NASA는 몇 달 동안 고심한 끝에 최종 비행사들을 선발했다. 1959년, NASA는 기자 회견을 열고 '머큐리 세븐' 우주 비행사들을 전 세계에 소개했다. 앨런 셰퍼드, 거스 그리섬, 고든 쿠퍼, 월리 쉬라, 디크 슬레이턴, 존 글렌, 스콧 카펜터까지 7명이었다.

우주선이 이륙하기 전까지 연구자에서 우주 비행사에 이르는 모든 이들이 많은 준비를 해야 했다. NASA는 우주 비행사들을 랭글리 연구 센터 캠퍼스의 '스페이스 태스크 그룹' 옆에 있는 사무실에 배치했다. 랭글리 연구 센터 직원들은 우주 비행사들을 힐끗힐끗 보곤 했다. 비행사들은 유명 인사가 되어 캠퍼스를 활보하고 다녔다. '머큐리 세븐'인 7명의 우주 비행사들은 신체와 정신을 열심히 훈련하면서 자신들을 기다리고 있는 새로운 여행을 준비했다.

우주 비행사들이 임무를 준비하고 있는 동안, 캐서린 고블은 비행 탄도를 계산해야 했다. 다시 말해, 우주선이 지구의 표면을 통과하는 정확한 경로를 알아내야 했던 것이다. 우주선이 발사대에서 이륙한 순간부터 대기권을 날아가서 우주에 진입한 후 다시 대기권에 재진입한 다음 대서양에 착수할 때까지의 경로였다. '머큐리 프로젝트'에는 해야 할 일이 너무 많았기 때문에 '스페이스 태스크 그룹'은 랭글리 연구 센터와 다른 센터들에 있는 부서들에게 의지해야만 했다. '스페이스 태스크 그룹'은 날마다 방정식들을 자세히 들여다보고, 새로운 아이디어들을 칠판에 휘갈겨 쓰고, 서로의 작업을 평가하고, 칠판을 지우고, 처음부터 다시 시작했다.

캐서린의 새로운 임무인 탄도 분석은 발사체가 공간에서 어떤 방식으로 움직이는지에 대한 연구와 관련이 있었다. 지구와 우주 모두에서 해당됐다. 이 작업은 여성 컴퓨터들이 수천수만 시간을 계산에 써서 수학수표를 만드는 작업과 비슷했다. 군인들은 이러한 수학수표를 이용해 어디로 무기를 발사하면 목표물을 맞힐 수 있는지 알아냈다.

'스페이스 태스크 그룹'은 인간을 우주로 보내는 가장 좋은 방법은 단순한 탄도 비행을 이용하는 방법이라고 결론지었다. 총에서 총알이 나오거나 훈련용 기계에서 테니스공이 나오는 것처럼 캡슐을 우주로 발사하는 것이었다. 캡슐은 자체 추진력을 하나도 가지고 있지 않고 위로 올라갔다가 다시 내려와서 대서양에 착수하게 된다. 어느 위치에 캡슐이 착수할지는 캡슐이 어디에서 발사됐는지에 따라 달라진다. 그렇기 때문에 탄도 계산이 정확해야 했다. 우주 비행사들이 미 해군선에 가깝게 떨어져서 빨리 물 밖으로 안전하게 구조되려면 말이다.

캐서린은 궤도 비행이 단순한 탄도 비행보다 더 어려울 것이라고 생각했다. 스페이스 태스크 그룹은 우주선의 비행 경로를 매우 정확하게 계획해야 한다. 그에 따라 우주선은 대기권을 통과한 후 지구를 둘러싸고 있는 고리 모양 원을 따라 움직인 다음 목표한 위치에 정확히 도착할 것이다.

"제가 그 일을 하게 해 주세요." 캐서린이 상관에게 말했다.

캐서린은 컴퓨터로 일하면서 자신의 능력을 증명했다. 캐서린은 함께 일하는 대부분의 공학자들보다 더 나이가 많았지만 지능, 열정, 체력 면에서 언제나 뒤지지 않았다. “우주 비행사가 어느 위치에 착수하면 좋을지 말해 주세요. 그를 어느 위치에서 올려보내야 할지 알려 드릴게요.”

캐서린은 스페이스 태스크 그룹에 있는 다른 누구보다 수학을 잘 알았다. 테드 스코핀스키라는 공학자가 연구 보고서를 준비하는 임무를 맡았고 캐서린은 컴퓨터로서 그를 보조하기로 했다. 테드는 캐서린이 똑똑하다고 생각했고 캐서린의 실력을 인정했다. 캐서린은 궤도 비행에만 존재하는 고유한 요소들에 대해 깊이 고민해야 했다. 캐서린은 지구가 완벽한 구체가 아니라 귤처럼 약간 납작하다는 사실을 고려해야 했다. 또한 지구 자전 속도도 감안해야 했다. 모든 요소를 자세히 설명하고, 수량화하고, 확인하고 증명해야 했다.

1959년의 여러 달이 지난 후, 34페이지짜리 연구 보고서가 형태를 갖추기 시작했다. 수많은 방정식, 차트, 계산표로 꽉 찬 매우 복잡한 보고서였다.

“캐서린 씨가 보고서를 마무리 지어야 합니다.” 캐서린과 함께 보고서를 쓴 테드 스코핀스키가 말했다.

그는 여성 직원들의 발전을 탐탁지 않게 여기는 것으로 악명이 높았다. 그렇지만 테드는 캐서린에게 보고서를 마무리지으라고 용기를 주었다. 캐서린은 테드의 제안을 받아들였다. 보고서의 제목은 〈선택한 위치에 위성을 배치하기 위한 발사 시의 방위각 결정〉이었다. 10개월 동안 편집 회의, 분석, 권고, 수정을 거친 후 마침내 1960년 9월에 보고서가 발표됐다. 항공 우주 역학국에서 여성이 자신의 이름을 연구 보고서에 올린 최초의 사건이었다.

캐서린에게 보고서를 완성한 일은 인생의 새로운 장이 펼쳐졌음을 알려 주는 이정표였다. 랭글리 연구 센터뿐만 아니라 가정에서도 새 출발이 이루어졌다. 하루가 매우 길게 느껴지던 1959년의 어느 날, 캐서린은 편집 회의에 초대된 것보다 훨씬 더 매력적인 제안을 받았다. 제임스가 청혼을 한 것이다. 두 사람은 1959년 8월에 결혼했다. 캐서린은 처음으로 쓴 연구 보고서의 최종 원고에 이름을 적을 때가 되자 기다렸다는 듯이 자신의 새로운 이름을 서명했다. 캐서린 G. 존슨.

앞서 걷는다는 것

캐서린이 우주 비행사들의 비행경로를 정하는 방정식과 씨름하는 동안, 메리 잭슨은 기존의 항공기보다 훨씬 더 빠르고 효율적인 초음속 항공기를 만드는 일에 집중하고 있었다.

메리는 랭글리 연구 센터의 일을 좋아했지만 자신의 전문 과학 기술을 다른 곳에 이용하는 일도 좋아했다. 그리고 어느 여름날, 메리 잭슨은 특별한 계획을 세웠다. 하늘을 불태우며 날아가는 고속 비행기를 개선하는 일에만 자신의 재능을 쓸 게 아니라, 자신의 훈련된 눈과 항공 역학 지식을 이용해서 아들인 레비가 '1960년도 버지니아 반도 어린이 조립 자동차 경주 대회'에 참여할 수 있도록 돕기로 한 것이다.

메리와 레비는 가까운 쉐보레 자동차 대리점에 가서 참가 신청서를 작성한 다음, 규칙이 적힌 설명서를 받아왔다.

"조립 자동차와 운전자는 합쳐서 무게가 115킬로그램이 넘어서는 안 됩니다. 그리고 오직 고무바퀴만이 허용됩니다. 자동차의 전체 길이는 2미터를 넘어서는 안 됩니다. 자동차의 총 제작비는 바퀴와 차축을 제외하고 10달러를 넘어서는 안

어린이 조립 자동차 경주 대회에 참여한 남자아이들이 자신의 차례를 기다리고 있다.
이 대회는 어떤 수제 자동차가 가장 빨리 달리는지 경쟁하는 대회이다.
퀘벡 국립 기록 보관소 제공

됩니다."

그해가 시작된 이후로 메리는 13살짜리 아들과 함께 수백 시간 동안 모터가 없는 자동차에 대해 연구했다. 이들은 스케치를 하고, 치수를 측정하고, 다양한 디자인을 시험해 본 후 마침내 한 가지 모양을 정했다. 또한 차고 안쪽에 있는 잡동사니 더미를 뒤지며 쓸만한 물건들을 찾아보았다. 채소 상자, 합판, 수레바퀴, 정원 도구, 오래된 신발, 철사와 노끈 등 어떤 물건이라도 사용할 수 있었다. 7월 넷째 주 주말에 열릴 예정인 경주 대회는 빠르게 다가오고 있었다.

경주 대회 당일, 레비와 다른 참가자들은 뉴포트뉴스의 25번가 다리의 제일 높은 곳에서 경주를 시작했다. 25번가 다리는 온 사방이 평평한 해안 지역의 유일한 경사로였다. 출발 신호가 울리자 어린이 운전자들은 일제히 브레이크를 풀었다. 그러고는 조종석 안쪽으로 몸을 구부리고서 275미터 길이의 경주 도로 끝까지 중력이 자신을 데려다주기를 기다렸다.

'전미 어린이 조립 자동차 경주 대회'는 미국인의 창의력과 가족 간의 화합을 위한 행사였다. 이 대회는 대공황 시대에 여가 활동으로 시작됐다. 모두가 경제적으로 힘들던 때, 재미있고 신나는 일을 만들기 위한 하나의 방편이었다. 1960년 이전까지 모두 5만 명이 넘는 남자아이들이 미국 전역에서 열리는 자동차 경주 대회에 참가했다.

이 대회는 햄프턴 지역에서 인기가 많았다. 공식적으로 이 대회는 남자아이들의 무대였다. 1970년대 초까지 여자아이들은 경주 대회에 참가할 수 없었다. 부모들은 뒷전에 앉아서 조언밖에 할 수 없었지만 공학 설계 계획 과정만큼은 아이들 못지않게 즐길 수 있었다. NASA에 근무하는 많은 공학자들은 자녀들이 언젠가 자신이 걸었던 전문가의 길을 뒤따르기를 바랐다. 공학자가 받는 급여는 부자가 되기는 어렵지만 편안한 중산층의 삶을 즐기기에는 충분했다.

조립 자동차 경주 대회와 관련해서는, NASA에 근무하는 어떤 아빠도 메리 잭슨을 앞지를 수 없었다. 일단 메리 잭슨은 조립 자동차 경주 대회를 일종의 공학 기술 실습으로 여겼다. 이뿐만이 아니었다. 메리 잭슨은 평소에도 레비에게 학교에서 들을 수 있는 수학 수업과 과학 수업 중 가장 어려운 수업을 들으라고 조언했다. 그리고 과학 과제를 코치해 줬다.

많은 흑인 남자아이들은 '전미 조립 자동차 경주 대회'에 대해 잘 모르거나 아니면 자신들을 위한 대회가 아니라고 생각했다. 그해 초에 쉐보레 자동차는 보이스카우트의 공식 발행물인 〈소년 생활〉 잡지에 경주 대회 광고를 실었다. 흑인 남자아이들 역시 이 광고를 봤지만 자신이 경주 대회에 참가할 자격이 되지 않을 것이라고 짐작했다. 광고 어디에도 '백인만 참가 가능'이라는 글이 없었는데도 그랬다. 흑인 남자아이들이 경주 대회에 참가하는 것을 막는 규칙은 없었다. 하지만 한 흑인 소년이 이 대회가 모든 남자아이에게 열려 있는 것으로 여기려면 많은 용기가 필요했다. 자신의 피부색에 상관없이 도전해 볼 수 있는 것으로 여기려면 말이다.

조립 자동차 경주 대회

1960년 7월 3일 토요일, 4천 명에 가까운 사람들이 25번가 다리의 양옆으로 모여들었다. 산들바람이 살랑살랑 부는 맑고 따뜻한 날이었다.

첫 번째 경주의 참가자들은 자동차를 출발선까지 밀고 간 다음 조종석에 자리를 잡았다. 행사 요원들은 차 하나하나의 무게를 재고 자동차가 규칙에 맞게 제작되었는지 점검한 다음 각 자동차의 위치를 정하기 위해 추첨을 했다. 출발 신호원이 방아쇠를 당기자 자그마한 덩치의 조종사들은 일제히 브레이크를 풀었고 자동차들이 언덕을 내려가기 시작했다.

경주 대회는 하루 종일 계속됐다. 메리 잭슨은 풍동에서 데이터를 분석했던 것처럼 공기가 자동차들을 휘감고 움직이는 모습을 지켜보고 있었다.

레비의 자동차는 완벽하게 잘 만들어졌다. 여기서 레비의 자동차에 더 필요한 게 있다면 바퀴 베어링에 떨어뜨릴 기름 한 방울 정도였다.

레비는 한 경주에서 이기고 그다음 경주에서 또 이겼다. 그런 다음 결승전에 진출했다. 메리는 레비가 결승선에 도달할 때까지 기쁨에 찬 채 큰 소리로 응원했다. 레비는 검은색과

흰색으로 된 헬멧을 쓰고 경주 대회 공식 티셔츠를 입은 채로, 시속 27킬로미터의 속도로 맹렬하게 결승선에 골인했다.

레비는 신문사들과 우승에 대해 인터뷰를 하면서 승리의 비밀은 자동차 본체가 날씬한 것에 있다고 설명했다. 날씬한 본체는 공기 저항을 줄일 수 있었기 때문이다.

레비는 황금 트로피, 새 자전거, 그리고 오하이오 주 애크론에서 열리는 '전미 어린이 조립 자동차 경주 대회'에 출전할 수 있는 자격 등을 얻었다. 이제 레비는 애크론에서 7만 5천 명의 관중들이 지켜보는 앞에서 전국에서 온 선수들과 대결을 펼칠 것이다. 최대 속도가 시속 48킬로미터인 트랙 위에서 말이다.

레비 잭슨은 햄프턴로즈 지역의 조립 자동차 경주 대회에서 우승한 '역사상 최초의 흑인 소년'이었다. 레비가 우승한 순간부터, 흑인 공동체 봉사 단체, 흑인 사교 클럽, 흑인이 운영하는 사업체, 흑인 교회 등 각지에서 기부가 밀려들어 왔다. 모두가 애크론까지 가는 길고 위대한 여행을 지원하고 싶어 했다. 흑인 공동체는 레비의 승리를 함께 기뻐했다. 흑인 아이가 조립 자동차 경주 대회 트로피를 집에 가져올 수 있다면 더 이상 불가능한 게 뭐가 있겠는가?

노력을 통해 성취를 이루고 과학을 통해 사회적 발전을 이룬다. 이것이 메리의 신념이었다. 레비가 1등 트로피를 타자 메리는 자부심으로 가슴이 터질 것만 같았다.

한 신문 기자가 레비에게 커서 무슨 일을 하고 싶냐고 묻자 이렇게 대답했다. "엄마처럼 공학자가 되고 싶어요."

'흑인 최초'가 되는 것, 특정한 목표를 성취한 최초의 흑인이 되는 것은 강력한 상징이었다. 메리 잭슨은 누구보다 이를 잘 알았다. 메리는 아들의 성취를 기쁘게 받아들였다.

누군가 모두 앞의 장벽을 깨는 일의 가장 좋은 점은 앞으로 다시는 누구도 그 장벽을 깰 필요가 없다는 점이다.

여성들의 가능성

메리 잭슨은 성취란 마치 은행 계좌와 같다고 믿었다. 은행 계좌처럼 여유가 생길 때면 저축하고 필요할 때면 의지할 수 있는 것이다. 메리는 여자아이들에게는 더 특별한 지원이 필요하다고 생각했다. 아들은 조립 자동차 경주 대회에 참가할 수 있었지만 만약 딸아이였다면 지원서도 내지 못했을 거라는 생각이 떠나지 않았다.

직장에서 메리와 여성 수학자들은 차별이라는 장벽과 맞

닥뜨리는 일에 익숙했다. 이제 예전에 비해 많은 여성들이 NASA에서 일하고 있었지만, 흑인이든, 백인이든 여성 과학기술 전문가 대부분은 공학자가 아닌 수학자나 컴퓨터로 분류됐다. 그리고 여성들은 남성과 같은 일을 하더라도 급여를 더 적게 받았다.

메리는 함께 일하는 백인 여성들 중에도 훌륭한 동지를 만들었다. 1962년, 메리는 한 백인 여성 동료에게 '전국 흑인 여성회' 지부의 직업 자문단에 참여해 달라고 부탁했다. 그녀는 이에 흔쾌히 동의했고 메리와 백인 동료는 흑인들만 다니는 중학교에서 〈여성으로서 본 공학의 측면들〉이라는 공동 강의를 개최했다.

흑인 여학생들에게는 이들이 같은 무대에 함께 선 것만으로도 강렬한 메시지가 되었다. 메리는 흑인이고, 그녀의 동료인 엠마 진은 백인이었다. 메리는 키가 작고 엠마 진은 키가 컸다. 그들은 서로 외모가 달랐지만 함께 일했고 또한 남성들과도 함께 일했다.

메리는 최선의 노력, 재능, 투지 등을 통해 공학자 타이틀을 따냈다. 그렇지만 메리는 앞서서 그 길을 먼저 걸었던 선배 여성들에게 감사해야 한다는 사실을 잊지 않았다.

길을 앞서 걸었던 여성들은 벽에 뚫려 있던 작은 구멍을 깨뜨려서 좀 더 크게 만들었다. 그리고 다음에 오는 또 다른 재능 있는 여성이 구멍을 통과할 수 있게 도왔다.

이제 메리는 자기 뒤에 올 여성들을 위해서 더 큰 기회를 만들고 싶었다.

처음 만나는 자유

1960년 2월, 스페이스 태스크 그룹이 '머큐리' 캡슐을 테스트하는 일에 한창 박차를 가하고 있을 때였다. 노스캐롤라이나 주 그린즈버러에 있는 흑인 대학인 노스캐롤라이나 농업기술 대학에 다니는 4명의 학생이 울워스 드럭스토어의 간이식당에 있는 백인 전용 구획에 앉아 있었다.

데이비드 리치몬드, 프랭클린 매케인, 에젤 블레어 주니어, 조셉 맥닐, 이 4명의 학생은 커피를 주문하려고 했지만 직원이 주문을 받지 않았다. 오히려 식당 매니저는 이들에게 나가 달라고 요청했다. 그러나 이 학생들은 나가기를 거부하고 드럭스토어가 문을 닫는 밤늦게까지 계속 같은 자리에 앉아 있었다.

이 비폭력 시위는 시민권 운동의 새로운 장을 여는 시발점이었다. 다음 날 '그린즈버러의 4인'은 20명의 운동가로 불어났다. 3일째 되는 날에는 60명의 학생이 울워스 드럭스토어에 집결했고 4일째 되는 날에는 300명이 시위대에 합류했다.

일주일도 채 되지 않아, 이와 비슷한 평화 시위가 노스캐롤라이나 주에 있는 다른 도시들로 퍼져 나갔다. 그다음엔 켄터키 주, 테네시 주, 버지니아 주 등으로 퍼졌다.

학생들은 자신들의 시위 방식을 '농성'이라고 불렀다. 때때로 경찰은 시위자들을 체포해서 감옥에 가뒀다. 그렇지만 금고형이 선고돼도 이 용감한 학생 운동가들은 눈 하나 깜짝 하지 않았다. 그들은 인종 분리 정책을 모두 부숴 버릴 때까지 한 발짝도 물러서지 않을 작정이었다.

햄프턴에서의 시위들

메리 잭슨이 졸업한 햄프턴 대학교는 노스캐롤라이나 주 바깥에 있는 학교 중 가장 먼저 농성을 준비했다. 햄프턴 대학은 시민권 운동과 직접적인 연관이 있었다.

이때로부터 5년 전, 앨라배마 주 몽고메리에 사는 재봉사인 로자 파크스는 시내버스에서 백인 남성 승객에게 자리를 양보하라는 버스 운전사의 지시를 거부했다가 체포되었다. 이 사건은 전국의 흑인들을 분노하게 만들었고, 마틴 루터 킹 목사가 이끈 '버스 안 타기 운동'을 촉발했다. 많은 흑인들은 아무리 먼 거리라도 직장과 학교에 걸어 다녔다. 차가 있는 이웃들은 서로 차를 태워 주었고, 흑인 택시 회사는 이웃들의 택시 요금을 버스 요금과 같이 적게 받으며 운동을 이어 갔다.

이 과정에서 로자 파크스는 살해 협박을 수차례 받았고 그녀와 남편은 앨라배마 주에 있는 직장에서 해고됐다. 이를 알게 된 햄프턴 대학의 총장이 로자 파크스에게 대학 교직원 식당에서 일하는 안내원 자리를 제안했다. 로자 파크스는 총장의 제안을 받아들였고 1957년부터 1958년까지 그곳에서 일했다.

몇 년 후 햄프턴 대학에서 농성이 시작됐을 때, 크리스틴 만은 버지니아 주에 있는 대학에 다니기 위해 고향인 노스캐롤라이나 주를 떠나온, 18세의 대학교 2학년 학생이었다. 크리스틴 만은 과학 분야에서 일하고 싶어 했지만 크리스틴의 아버지는 직장을 구하기 어려울 때를 대비해서 교사 자격증을 취득해 놓아야 한다고 말했다. 그러나 크리스틴은 자신의 고집을 꺾지 않고 수학과 물리학 수업들을 듣고 시민권 운동에도 관여했다.

크리스틴과 학교 친구들은 그린즈버러 시위와 비슷하게 햄프턴 시내에 있는 드럭스토어의 간이식당까지 행진을 했다. 역시 이들은 점원에게 음식을 주문했다가 계산대에 있는 직원들에게 거부 당했다.

크리스틴과 친구들은 이에 항의하기 위해서 자리에 앉아서 책을 읽거나 숙제를 하며 침묵 시위를 했다. 이들이 식당에서 떠나기를 거부하자 사장은 오후 중간에 가게 문을 닫아 버렸다. 다음 달에는 500명의 학생들이 햄프턴 시내에서 평화 시위를 개최했다.

"우리는 미국 시민으로 대우받고 싶습니다." 학생 운동을 이어 나가던 운동가들이 거침없이 말했다. "미국 시민으로 대우받는 것이 삶의 모든 영역에서 인종 통합 정책을 해야 한다는 의미라면, 바로 그것이 우리가 원하는 것입니다." 햄프턴 대학은 커다란 사회적 변화가 일어날 수도 있다는 기대로 활기가 넘쳐흘렀다.

크리스틴은 '유권자 등록 운동'에도 참여해서, 흑인들이 사는 동네를 찾아서 돌아다녔다. 그녀는 동네 주민들을 직접 찾아다니며 1960년 11월에 있는 선거를 위해 유권자 등록을 하라고 설득했다.

한편, 우주 비행사들이 학생들의 시위를 지지하고 있다는 소문이 돌기도 했다. 우주 비행사들은 미국의 주류를 대표했다. 짧게 깎은 머리의 미국 중산층 남성들은 미국 사회의 주류를 상징했다. 그런 우주 비행사들이 학생 운동가들과 나란히 서서 모든 미국인에게 동등한 기회를 달라는 요구에 자기들의 목소리를 더하고 있다는 상상만으로도 학생들은 전율을 느꼈다.

사실인지 아닌지는 중요하지 않았다. 학생들은 이미 한껏 고무되어 있었다.

1960년대 랭글리 연구 센터에서 일어난 진보적 움직임들

랭글리 연구 센터에서도 변화가 일어나고 있었다. 도로시 본과 나머지 여성 컴퓨터들은 서쪽 지구 계산부 사무실에서 마지막 작업을 마치고 나서 연구소에 있는 다른 부서들로 배치됐다. 흑인 여성들만 분리되어 일했던 서쪽 지구 계산부의 시대가 막을 내린 것이다.

도로시 본은 랭글리 연구 센터의 서쪽 편에 새로 지은 컴퓨터 복합 건물에 배치됐다. 1960년대에 이르러 랭글리 연구 센터는 계산 업무들을 '분석 및 계산 부서'로 집중화시켰다. 이 부서는 랭글리 연구 센터의 연구 작업 전부를 도울 뿐만 아니라 외부의 업체들에게 전자 계산 서비스를 제공했다. 새로운 부서에서 도로시 본은 많은 서쪽 지구 여성 컴퓨터들뿐만 아니라 동쪽 지구 여성 컴퓨터들과도 다시 만났다.

여성 수학자들 사이에 인종 차별이 없어진 것보다 더 놀라운 사실은 남성들이 팀에 합류했다는 사실이었다. 계산부는 여성들로만 이루어진 보조 부서에서 남녀가 함께 일하는 하나의 정식 부서로 당당히 승격됐다. 계산 업무는 더 이상 여성만의 고유 업무로 여겨지지 않게 됐다.

그렇지만 항공 연구 분야에서 컴퓨터 기술을 점점 더 많이 사용하게 되면서, 여전히 구형 기계식 계산기를 가지고 계산

1960년대의 한 사교 행사에 참석한 도로시 본(맨 왼쪽)과 여성 컴퓨터들.
NASA 랭글리 연구 센터 제공

작업을 하던 일부 나이 많은 여성들은 설 자리를 잃게 됐다. 1960년대 초는 계산 업무 역사에서 대변혁의 시기였고 '컴퓨터'가 인간을 지칭하는 시대와 기계를 지칭하는 시대로 나뉘는 분기점이 됐다.

계산 업무는 더 이상 사무실을 가득 메우고 앉아 500달러짜리 기계식 계산기에 숫자를 입력하는 여성 컴퓨터들의 몫이 아니었다. 한 대에 100만 달러 이상인, 사무실만 한 크기의 컴퓨터가 이제 그 작업을 대신했다. 게다가 비교할 수 없을 정도로 계산 속도가 빨라졌다.

이제 50세가 된 도로시 본은 새로운 시대에 직면하여 스스로 컴퓨터 프로그래머로 거듭났다. 여전히 공학자들은 도로시에게 찾아와 도움을 요청했다. 그렇지만 이제 도로시는 다른 직원에게 임무를 맡기거나 자기가 직접 계산을 하는 대신 계산 프로그램을 짜서 IBM 컴퓨터에 입력했다.

예전이었다면 도로시는 데이터 시트에 방정식을 입력한 다음 여성 컴퓨터들 중 한 명에게 그 데이터 시트를 채우는 법을 알려 줬을 것이다. 그렇지만 이제는 컴퓨터 프로그래머로서 방정식을 컴퓨터 언어인 포트란으로 전환시켰다. 카드에 구멍을 뚫을 수 있는 특별한 기계를 이용해서 말이다. 각 카드는 컴퓨터에게 내리는 명령들의 한 세트를 담당했다.

도로시나 프로그래머들은 프로그램이 더 길거나 복잡해질수록 더 많은 카드를 컴퓨터 안에 넣었다. 그러나 컴퓨터 기계는 2천 장 이상의 카드나 2천 줄 이상의 명령을 수용하지 못했다. 매우 평범한 프로그램이라 하더라도 수백 장의 카드가 담긴 정리함이 필요했다. 게다가 카드가 정확한 순서로 놓여 있어야 했다.

새로운 전자 컴퓨터 덕분에 큰 도움을 얻긴 했지만, '머큐리 프로젝트'를 위해서는 랭글리 연구 센터가 사용하는 것보다 훨씬 더 많은 전자 지능이 필요했다. 그에 따라 NASA는 1960년대 말에 IBM 7090 두 대를 구입해서 수도인 워싱턴 D.C.에 있는 최첨단 시설에 설치했다.

이 컴퓨터 연구소는 1959년에 메릴랜드 주 그린벨트에서 문을 열었던 '고다드 우주 비행 센터'의 일부였다. NASA는 버뮤다에 세 번째 컴퓨터의 데이터 센터를 세웠다. 이 세 컴퓨터는 함께 힘을 합쳐서 우주 비행선이 발사될 때부터 지구의 바다로 돌아올 때까지, 우주 비행의 모든 측면을 감독하고 분석하는 일을 할 예정이었다.

통신 지속 문제

지구 궤도를 도는 일은 NASA의 공학자들에게 수많은 통신 문제들을 안겨 주었다. 그중 하나는 비행기를 플로리다 주 케이프 캐너베럴에서 이륙시켜서 대서양에 착수하게 만드는 일이었다. 이 비행은 플로리다 주에 있는 우주 비행 관제 센터와 워싱턴과 버뮤다에 있는 데이터 센터의 통신 범위 안에서 이루어져야 했다.

우주 비행사를 지구 궤도로 보내는 비행은 훨씬 더 위험했다. 항공기가 오랜 시간 동안 우주 비행 관제 센터와 교신이 끊길 수 있었다. NASA는 매 궤도 매 순간에 우주 비행사와 지속적으로 연락해야 했다.

랭글리 연구 센터의 공학자들은 우주 비행 관제 센터와 궤도를 선회하는 우주선 사이에 전 세계를 아우르는 통신 네트워크를 구축해야 했다. 양방향 통신을 개발하고 통신 네트워크를 구축하는 일은 우주선 그 자체를 만드는 일만큼이나 어려웠다. 궤도를 선회하는 우주 비행사와 연락이 끊기지 않게 하기 위해서는 전 세계에 18개의 통신국을 만들어야만 했다.

전자 컴퓨터들은 문제가 생길 조짐이 보이면 그 즉시 비상 신호를 울렸다. 예상된 비행경로에서 조금이라도 벗어나거나, 캡슐 선상에 오작동의 흔적이 보인다거나, 우주 비행사의 건강과 관련된 신호가 비정상적이라면 문제를 해결하기 위해 우주 비행 관제 센터에 곧바로 신호가 보내졌다.

랭글리 연구 센터의 공학자들은 계획된 날짜에 맞추기 위해 온 힘을 다했다. 어떠한 실수도 있어서는 안 될 터였다. 그러나 계획된 발사 날짜는 1960년에서 1961년으로 넘어갔다.

그런데 랭글리 연구 센터의 공학자들이 안간힘을 쓰는 동안 소련이 다시 일을 벌였다. 1961년 4월 12일, 소련의 우주 비행사인 유리 가가린이 우주에 나간 최초의 인간이자 지구의 궤도를 선회한 최초의 인간이 됐다.

"우리가 그들을 이길 수 있었습니다. 아니 우리가 그들을 이겼어야 했습니다." '머큐리 프로젝트'의 비행 총감독으로 프로젝트 대부분의 책임을 맡았던 공학자는 몇 년 후에 이렇게 말했다.

그렇지만 NASA의 공학자들은 패배감을 느끼거나 '스푸트니크'호가 발사된 직후 뒤따랐던 공황 상태를 경험하지는 않았다. 소련의 성공이 어느 정도 좌절감과 당혹스러움을 안겨주긴 했지만, 차분하게 자신들의 일을 이어 나갔다. 랭글리 팀은 소련의 우주 비행 성공을 지켜보면서 자신들의 임무에 대해 다시금 열정을 느끼며 상황에 대응했다. NASA 직원들과 계약 업체 직원들은 재능을 집중시키고 묵묵히 하던 일을 계속했다. 이제 발사가 거의 코앞이었다.

‘머큐리 미션’

우주에 최초의 미국인을 보내기 위해서는 총 120만 회의 테스트, 시뮬레이션, 조사, 검사, 검증, 실험, 점검, 총연습을 해야 했다. 또한 몇 번의 로켓 테스트에 실패하기도 했다.

침팬지를 우주선에 태워서 머리카락이 쭈뼛해지는 탄도 비행을 실행하기도 했다. 탄도 비행 때는 우주 비행선 캡슐이 회수함에서 너무 멀리 떨어지는 바람에 바다에서 캡슐을 건져 올렸을 때 침팬지가 거의 익사하기 직전이었다. 그러나 다행히도 최초의 우주 비행 침팬지인 ‘햄’은 시험 비행에서 기적적으로 살아남았다.

대담한 행보의 일환으로, NASA는 머큐리-레드스톤 3호의 발사 장면을 텔레비전에 생방송으로 내보내기로 결정했다. 레드스톤 로켓을 이용해 머큐리 캡슐을 대서양 상공으로 날려 보내는 세 번째 시험이었다. 모든 미국인들이 텔레비전 앞에 앉아서 미국 최초의 유인 우주 비행이 성공할지 아니면 실패할지를 지켜봤다.

우주 비행사 앨런 셰퍼드는 직경 1.8미터에 높이 2.5미터가 채 안 되는 캡슐 안에 안전벨트로 몸을 고정시켰다. 발사는 성공했고 우주선은 지구 위의 고도 186킬로미터까지 솟아올랐다.

앨런 셰퍼드가 '프리덤 세븐'이라고 이름 붙인 캡슐 탄도 비행은 15분 22초 동안 지속됐고 485킬로미터를 날아갔다. '프리덤 세븐' 탄도 비행은 한 달 전에 있었던 소련 우주 비행사의 비행과 비교해 그 기술적 성취는 미약했다. 하지만 이 비행이 성공한 것을 계기로 미국의 존 F. 케네디 대통령은 전 국민에게 매우 야심 찬 목표를 약속했다. 바로 달에 인간을 보내겠다는 약속이었다.

달 탐사 비행은 미국의 대통령인 존 F. 케네디가 미국 국민들에게 한 약속이었다.
JFK 도서관 제공

"1960년대가 끝나기 전에 인간을 달에 착륙

시키고 그를 다시 지구로 안전하게 귀환시키는 임무를 성공해야 한다고 생각합니다." 케네디 대통령은 앨런 셰퍼드가 대서양에 입수하고 난 3주 후, 국회 연설에서 이렇게 말했다.

우주 비행 프로그램과 관련된 모든 NASA 직원들은 걱정에 빠졌다. 그들은 이미 예정된 6건의 '머큐리 미션'을 준비하느라 밤낮을 가리지 않고 주말까지 일하고 있었다. NASA는 아직 첫 번째 궤도 비행도 성공하지 못했는데 케네디 대통령은 머지않아 인간을 달에 보내겠다고 약속했다. 모두가 불가능한 꿈이 아닐까 생각했다.

그렇지만 이 일은 무시무시한 계획인 동시에 지금껏 들어본 것 중 가장 신나는 계획이었다. 인류의 가장 오랜 꿈 중 하나인 달 탐사는 랭글리 연구 센터에서 일하는 많은 사람들이 오랫동안 남몰래 간직해 온 꿈이기도 했다.

그렇지만 탄도 비행 실험에 아직 한 번밖에 성공하지 못했고 '머큐리 미션'도 더 남아 있는 상황이었다. 앞으로 NASA가 달에 인간을 보내기 위해 걸어야 할 길은 상상할 수 없을 정도로 멀고 험해 보였다. 공학자들은 유인 종합 추적망 구축을 포함하여 궤도 비행을 위해 1만 8천 명의 전문가로 이루어진 팀이 필요하다고 추정했다. 달 착륙에 성공하기 위해서는 이보다 몇 배나 더 많은 사람들이 필요할 터였다.

새로운 우주 비행 관제 센터

NASA가 달에 인간을 보내겠다는 목표를 달성하려면 시설과 인력을 확충해야 했다. 바로 그때, '스페이스 태스크 그룹'이 버지니아 주 햄프턴을 떠날 예정이라는 소문이 돌았다. 랭글리 연구 센터의 직원들은 우주 비행 관제 센터를 계속 자신들의 터전에 두려고 운동을 벌였지만 NASA는 이미 다른 지역들을 알아보고 있었다.

1960년에 9개의 지역이 최종 후보지로 올랐지만 버지니아 주는 거기에 들어 있지 않았다. 최종적으로는 의회에서 영향력이 막대한 텍사스 주 사람들의 주장으로 결국 휴스턴에 우주 비행 관제 센터가 들어서기로 정해졌다.

'머큐리 프로젝트'를 한창 진행하는 중인 데다 휴스턴에 새로운 연구 센터를 열 준비를 하는 터라, 우주 비행 프로그램에는 감당할 수 없을 만큼 일이 넘쳐났다. 캐서린 존슨은 휴스턴으로 전근을 가지 않겠느냐는 제안을 받았지만, 캐서린과 그녀의 남편은 가족들과 가까이 살기 위해 버지니아 주에 남기로 결정했다.

우주 비행 관제 센터는 휴스턴으로 이동했을지 몰라도 랭글리 연구 센터는 여전히 캐서린 존슨과 동료들에게 우주 비행 연구를 위해 정신없이 일해야 하는 터전이었다. 이들은 NASA의 가장 큰 도전 과제인, 인간을 달에 보냈다가 무사히 귀환시키는 과제를 해결하기 위해 준비를 하느라 눈코 뜰 새 없이 바빴다.

과거에서 미래로

인간을 우주로 보내는 일은 매우 어려운 프로젝트였다. 하지만 그보다 캐서린 존슨과 랭글리 연구 센터의 직원들의 밤잠을 설치게 만든 것은 우주로 보낸 인간을 지구로 무사히 귀환시키는 부분이었다. 일이 잘못될 수 있는 가능성은 셀 수 없이 많았다. 그들은 그러한 가능성 하나하나에 대해 대비해야 했다.

로켓은 한 치의 오차 없이 작동돼야 했다. 아틀라스 로켓을 이용하여 머큐리 캡슐을 궤도로 올려보낼 예정이었다. 그렇지만 아틀라스 로켓은 기복이 심했다. 5번의 발사 중 2번이 실패로 끝났다. 그중 한 번은 로켓이 하늘로 솟아올랐다가 상공에서 폭발해 버렸다.

우주선이 잘못될 가능성이 아주 커 보였다. 머큐리 캡슐 자체는 정교한 깡통에 불과했지만 섬세한 공학 기술을 필요로 했다. 머큐리 캡슐의 산소 가압 시스템이 우주의 위험한 진공과 캡슐 안에 있는 우주 비행사 사이의 전부였다. 만약 캡슐이 발사의 격렬한 힘을 견딜 정도로 충분히 튼튼하지 않다면 캡슐은 폭발해 버리고 말 것이다. 모든 전선, 스위치, 계기판, 부품을 테스트하고 또다시 테스트해서 캡슐이 한 치의 오차 없이 작동하리라는 점을 확인해야 했다.

성공 여부는 공학자들이 물리학과 수학 법칙에 얼마나 통달했느냐에 달려 있었다. 우주선은 극도의 정밀함과 정확함을 필요로 했다. 아주 자그마한 실수도 비극적인 결과로 이어질 수 있었다. 일이 잘못될 가능성은 아주 많았지만 일이 제대로 될 수 있는 길은 오직 하나밖에 없었다.

미국의 우주 비행사

우주 비행사 존 글렌보다 우주 비행의 위험성을 더 잘 아는 사람은 없었다. 미 해병대에서 시험 비행 조종사로 복무했던 존 글렌은 미국 최초의 지구 궤도 비행을 위한 우주 비행사로 선발됐다. 존 글렌은 자신을 한계까지 밀어붙이며 미션을 빈틈없이 준비했다. 훈련관들과 모의실험 장치를 이용해 쉴 새 없이 훈련하며 공학자들이 상상해 낸 실패 시나리오들의 하나부터 열까지 전부 대비했다. 존 글렌은 자신의 생명은 자신이 얼마나 준비되어 있는지에 달려 있다고 생각했다.

존 글렌은 시험 비행 조종사로 일한 경험 덕분에 모든 위험

존 글렌이 버지니아 주 햄프턴에 있는 리틀백 강에서
머큐리 캡슐로부터 탈출하는 훈련을 하고 있다.
NASA 랭글리 연구 센터 제공

을 제거할 수 있는 방법은 오직 미션을 취소하는 것밖에 없다는 사실을 잘 알았다. 그는 전혀 예기치 못한 문제들이 벌어질 가능성이 높다는 사실을 알았다. 그렇기 때문에 어떤 문제와 만나도 잘 대처할 수 있도록 최선을 다해 만반의 준비를 다했다. 이러한 준비 기간은 예상보다 길어졌고, '머큐리 프로젝트'의 발사는 1960년 후반에서 1961년 7월로, 그리고 다시 1962년으로 미뤄졌다.

반면에 소련은 속도를 늦추지 않았다. 소련은 1961년 8월에 17궤도 비행에 성공했고 우주 비행사가 거의 하루를 꼬박 우주에 머물렀다. 소련의 잇따른 성공으로 NASA는 더 빨리 미션을 시작해야 한다는 압박을 심하게 느꼈다.

발사 팀은 기술적인 문제는 물론이고 날씨 문제에도 대처해야 했다. 플로리다 주의 케이프 커내버럴의 흐린 하늘 때문에 발사가 이틀이나 더 지연됐다. 마침내 발사 날짜가 확정됐다. 1962년 2월 20일이었다.

존 글렌은 발사일 지연에 대해 인내심을 가지고 적극적으로 대처했다. 그는 항상 최상의 컨디션을 유지했고 잠시도 집중력을 잃지 않았다.

그리고 발사 직전, 존 글렌은 공학자들에게 한 가지만 더 점검해 달라고 요청했다. 전자 컴퓨터들이 한 계산 작업을 다시 확인해 달라는 요청이었다.

많은 우주 비행사들은 대형 전자 컴퓨터를 완전히 신뢰하지 않았다. 시험 비행 조종사로 일했던 그들은 비행기를 지속적이고 직접 통제하는 일에 자신의 명성과 생명을 걸었다. 아주 작은 판단 실수를 하거나 1초만 머뭇거려도 참사가 벌어질 수 있었다.

우주 비행사들은 불안에 휩싸였다. 만약 우주 비행 도중 컴퓨터 전원이 꺼지거나 작동을 멈추면 어떻게 하는가에 대해 걱정했다.

'머큐리 미션'은 우주선과 지상의 전자 컴퓨터들을 연결시켰다. 스페이스 태스크 그룹은 더 성능이 뛰어난 컴퓨터들을 구입하고 컴퓨터 기계에 탄도 방정식 프로그램을 만들어 입력했다. 컴퓨터가 자동으로 로켓을 안내하고, 통제하고, 캡슐의 위치에 대한 정보를 우주 비행 관제 센터에 보내도록 했다. 만약 로켓이 잘못 발사되거나 캡슐을 부정확한 궤도에 보낸다면 미션을 중단시킬 권한을 가지고 있는 항공 관제관들에게 컴퓨터가 경보를 보내게 설정돼 있었다. 그럴 경우 캡슐은 로켓에서 분리되어 바다에 안전하게 착수하고 그곳에서 우주 비행사를 구조할 예정이었다.

캡슐은 일단 성공적으로 발사되면 지구의 대기권을 통과해서 지구 궤도에 안착하게 된다. 캡슐은 로켓과 연결을 끊고 지상 통제소와 새롭게 통신 연결을 한다. 우주선은 추적 관측소에 데이터를 보내고 추적 관측소는 둘레 20미터짜리 전파 수신 접시 안테나로 신호를 수신한다.

또한 메릴랜드 주에 있는 고다드 우주 비행 센터는 텍사스

주에 있는 우주 비행 관제 센터로 우주선의 위치 데이터를 보내게 된다. 우주 비행 관제 센터에 있는 거대한 세계지도 위로 머큐리 캡슐의 작은 모형이 와이어에 매달린 채로 날아다닐 것이다. 데이터가 우주 비행 관제 센터로 들어오면 지도 위의 캡슐 이미지가 이동한다. 요즘의 기준에 따르면 매우 단순한 지도였지만 그 당시에는 공학자들이 비행경로를 추적하는 데 큰 도움이 됐다.

캡슐이 이동하면서 캡슐의 신호는 한 추적 관측소에서 다른 추적 관측소로 이동된다. 항공 관제관들은 데이터를 보고 스스로 질문을 던질 것이다. 자신들이 예측한 위치와 캡슐의 현재 위치가 어떻게 다른가? 너무 높거나 너무 낮거나 너무 느리거나 너무 빠르지 않은가? 항공 관제관들은 끊임없이 데이터를 업데이트하면서 필요한 조정을 할 것이다. 이 정보는 우주선을 지구로 무사히 귀환시키기 위해서 정확히 언제 캡슐의 로켓에 재점화를 해야 하는지 결정하는 데 사용된다.

미션이 성공하기 위해서는 하드웨어, 소프트웨어, 사람들 모두 하나도 빠짐없이 제대로 기능해야 했다. 어느 요소 하나라도 삐끗한다면 비극으로 이어질 것이다. 게다가 그 모든 과정이 텔레비전에서 생방송으로 펼쳐질 예정이었다.

복잡한 계산을 빠른 속도로 정확히 해내는 인간 컴퓨터들은 우주 비행사들이 이해하고 신뢰할 수 있는 대상이었다. 여성 수학자들은 시험 비행 조종사들이 자신이 모는 비행기를 완벽하게 파악하고 장악하는 것과 마찬가지로 기계식 계산기를 완벽하게 파악하고 장악했다. 전자 컴퓨터가 우주선을 날게 만드는지는 몰라도 존 글렌은 그 컴퓨터를 신뢰하지 않았다. 존 글렌은 인간 컴퓨터, 캐서린 존슨을 신뢰했다.

"그녀에게 마지막으로 숫자들을 점검해 달라고 하세요." 글렌이 말했다.

만약 캐서린 존슨이 마지막으로 숫자들을 점검한다면 존 글렌은 출발할 것이었다.

카운트다운

우주 시대와 텔레비전 시대는 거의 동시에 전성기를 맞았다. NASA는 자신들이 역사를 만들고 있다는 사실을 잘 알았다. 현재 일어나고 있는 사건들을 전 세계에 방송하고 역사에 기록해야 한다고 생각했다. NASA는 추적 관측소 한 곳 한 곳마다 영상 촬영 스텝을 보내서 우주 비행 팀이 비행 전 최종 점검을 하면서 나누는 말들을 촬영했다. 이 촬영물은 우주 비

플로리다 주의 케이프 커내버럴 공군 기지에 있는 머큐리 우주 비행 관제 센터.
미 해군 제공. <해군 항공 뉴스 Naval Aviation News> 1962년 4월호

행 관제 센터에서 1분 1초를 다투며 벌어지는 숨 막히는 드라마를 잘 보여 줬다. 흰색 셔츠를 입고 검은색 넥타이를 맨 백인 남성들이 통신 계기판이 달려 있는 긴 책상에 줄줄이 앉아 있었다. 그리고 헤드폰을 끼고 심각한 표정을 한 채 벽에 있는 거대한 전자 세계지도를 올려다봤다.

캐서린 존슨은 스페이스 태스크 그룹의 개척자들과 업무상 긴밀한 협력 관계에 있었기 때문에 '머큐리 미션'에 가장 직접적인 기여를 하게 됐다.

랭글리 연구 센터 사무실로 전화가 왔을 때, 캐서린 존슨은 책상 앞에 앉아 있었다. 캐서린 존슨은 전화를 받은 공학

자가 통화하는 것을 우연히 듣게 됐다. 캐서린은 전화 통화에서 논의되고 있는 '그녀'가 자기 자신임을 직감했다. 우주 비행사 존 글렌은 캐서린의 이름을 정확히 알지 못했다. 하지만 분명한 것은 그가 숫자들을 다시 확인해 주기를 바라는 사람은 캐서린이었다.

캐서린은 존 글렌이 말하는 숫자들이 무엇인지 잘 알았다. 지구 궤도 비행의 탄도를 나타내는 숫자들이었다. 캐서린이 공학자 테드 스코핀스키와 함께 작성한 첫 번째 연구 보고서에서 사용한 방법과 똑같은 것이었다. 그 연구 보고서의 마지막 부분에서 캐서린은 숫자들을 방정식들에 대입해서 두 개의 샘플 궤도를 손으로 계산해 냈다. 그런 다음 그녀는 자신이 계산한 결과를 IBM 전자 컴퓨터가 계산한 결과와 비교했다. IBM 전자 컴퓨터는 그녀가 사용한 것과 똑같은 방정식들을 이용하여 계산하도록 프로그래밍 돼 있었다.

그 당시에, IBM 전자 컴퓨터의 출력값과 캐서린의 계산 결과가 '매우 크게 일치한다'는 사실이 증명됐다. 캐서린과 컴퓨터 기계는 똑같은 숫자들을 얻었다.

전자 컴퓨터의 작업을 한 번 더 확인하는 일이 현재 필요한 마지막 준비 과정이었다. 이제는 샘플 궤도의 숫자들이 아닌 우주 비행사가 항해할 진짜 궤도의 숫자들을 점검해야 했다.

자신감

캐서린은 스트레스가 높은 상황에 처했을 때도 크게 긴장하지 않는 편이었다. 그러나 이번에는 자기 앞에 놓여 있는 임무에 대해 매우 초조했다.

캐서린은 자신의 능력을 믿으며 책상 앞에서 마음을 다잡았다. 두툼한 데이터 시트 뭉치와 탄도 방정식들이 캐서린의 작업 공간을 둘러쌌다. 캐서린은 숫자들을 산출해 낸 다음 그 숫자들을 전자 컴퓨터에게 점검해 보는 대신 그 반대로 작업했다. 캐서린은 전자 컴퓨터가 산출한 데이터를 자신의 계산과 비교했다. 캐서린은 자신이 계산한 숫자들과 전자 컴퓨터가 산출해 낸 숫자들이 '정확하게 일치하는지'를 확인하고 싶었다.

캐서린은 3개 궤도 비행의 모든 순간을 일일이 점검했다. 하루 반 동안 수많은 숫자들을 모두 확인하고 나서야 비로소 임무를 완수할 수 있었다. 캐서린은 '머큐리 프로젝트'를 담당하는 공학자들에게 데이터 시트들을 가져다주면서 자신이 산출한 숫자들이 정확하다는 사실을 한 번 더 확신했다.

1962년 2월 20일

1962년 2월 20일이 밝았다. 맑고 쾌청한 날이었다. 전 세계 사람들이 텔레비전 앞에 앉아 생방송으로 펼쳐질 발사 장면을 기다렸다. 캐서린 존슨은 사무실에 앉아서 숨을 죽이고 뉴스 보도를 지켜봤다.

동부 표준시로 오전 9시 47분, 아틀라스 로켓이 '프렌드십 7호'를 궤도로 밀어 올렸다. 지상 통제팀은 존 글렌의 위치를 확인했다.

첫 번째 궤도에서, 캡슐의 자동 통제 시스템이 말을 안 듣기 시작했다. 캡슐은 정비를 제대로 하지 않은 자동차처럼 이리저리 제멋대로 움직였다. 존 글렌은 통제 시스템을 수동 시스템으로 전환한 후 비행기를 조종하듯 직접 조종하는 방법으로 문제를 해결했다.

두 번째 궤도의 끝부분에서는 경고등이 우주선의 부품 중 하나인 열 차폐가 헐거워졌다는 사실을 알렸다. 열 차폐는 우주선 바깥에 있는 금속판으로 우주선이 지구 대기권에 재진입할 때 발생하는 매우 강한 열로부터 우주선을 보호해 준다. 이 방화벽이 없다면 존 글렌과 화씨 3,000도의 온도 사이를 아무것도 막아 주지 못한다. 캡슐이 지구의 대기권으로 재진입하면서 캡슐 주위는 화씨 3,000도까지 올라간다.

다급하게 우주 비행 관제 센터에서 해결책을 생각해 냈다. 세 번째 궤도의 끝에서 역추진 로켓이 점화된 후, 존 글렌이 표준 절차대로 로켓 팩을 제거하는 대신 우주선에 계속 부착시켜 놓는 것이다. NASA의 공학자들은 로켓 팩이 헐거워진 열차폐를 고정시켜 주기를 바랐다.

비행을 시작한 지 4시간 30분이 지났을 때, 로켓에 점화가 됐다. 존 글렌은 캡슐을 정확한 위치에 맞추고서 반응을 기다렸다.

우주선은 속도를 줄이면서 궤도 밖으로 나와 머리를 아래로 향했다. 재진입 과정에서 가장 위험한 부분이었다. 바로 그 순간 신호가 깜박거리더니 사라져 버렸다.

'프렌드십 7호'에서 아무 신호가 없었다.

공학자들은 무엇이 잘못됐는지 알아내기 위해 애썼지만 지상의 우주 비행 관제 센터에서 할 수 있는 일은 아무것도 없었다.

적막이 흘렀다.

1분이 지났고,

2분이 지났다.

그리고 3분이 지났다.

모든 사람이 최악의 상황이 벌어졌을까 봐 두려워했다. 열차폐가 완전히 고장 나 버려서 우주선이 불타 버렸을지도 몰랐다. 지상 관제팀은 우주선과 다시 연결하기 위해 온 힘을 다 했다.

10분이 흘렀다. 11분. 12분. 13분.

신호가 사라진 후 14분이 지났을 때, 존 글렌의 목소리가 다시 들렸다. 그가 살아 있었다!

전자 컴퓨터가 완벽한 착륙을 유도했고 우주선은 하강을 계속했다. '프렌드십 7호'는 애초의 목표 지점에서 65킬로미터 정도 떨어진 곳에 착수했다. 거리상의 오차는 우주선이 지구 대기권에 재진입하는 동안 로켓을 제자리에 그대로 남겨 두었기 때문에 캡슐의 추정 무게에 로켓 무게가 추가되어서 생긴 것이었다.

전자 컴퓨터와 인간 컴퓨터 모두 한 치의 실수 없이 임무를 수행했다. 우주선이 바다에 착수한 후 21분이 지나고 우주 비행사 존 글렌은 안전하게 물 밖으로 나왔다.

존 글렌은 영웅이 됐다. 미국 대통령을 직접 만났고, 미국의 뉴욕 주와 메인 주에서 소련의 모스크바에 이르기까지 세계 곳곳에서 환영 퍼레이드를 했다. 주요 신문은 그를 칭송하는 기사로 도배됐다. 흑인 신문도 그에게 찬사를 보냈다. "우리 모두는 기꺼이 그를 '우주의 에이스'라고 부를 것이다." 한 칼럼니스트는 주간지 〈피츠버그 커리어〉에 이렇게 썼다.

버지니아 주의 햄프턴로즈만큼 열렬히 영웅을 환영한 곳도 없었다. 3만 명의 지역 주민들이 모여서 자기 고장의 영웅에게 환호를 보냈다. 존 글렌은 머큐리 프로젝트의 우주 비행사들과 그들의 가족들이 탄 50대의 차량이 퍼레이드를 하는 가운데 맨 앞의 차에 탑승해 퍼레이드를 이끌었다. 햄프턴과 뉴포트뉴스 일대에서 35킬로미터나 퍼레이드가 이어졌다.

존 글렌은 퍼레이드가 끝나는 스타디움에서 '미국의 우주 도시'라고 적힌 표지판이 달린 단상 뒤에 우뚝 섰다. 햄프턴은 공식 관인을 꽃게가 집게발로 머큐리 캡슐을 집고 있는 모양으로 바꿨다. 또한 '에 프라이테리티스 푸투라'를 햄프턴 시의 모토로 채택했다. 라틴 어로 '과거에서 미래로'라는 뜻이었다.

존 글렌만이 찬사를 받은 유일한 사람은 아니었다. 캐서린 존슨이 머큐리 미션에서 벌인 활약이 흑인 공동체에서 퍼져 나갔다. 1962년 3월 10일, 캐서린 존슨의 사진이 〈피츠버그 커리어〉의 앞면을 장식했다. 사진 설명은 다음과 같았다. "그녀의 이름은 캐서린 존슨이다. 그녀는 엄마이자 아내이자 커리어우먼이다!" 이 기사는 존 글렌의 로켓을 우주로 보낸 프로젝트에서 캐서린이 어떤 기여를 했는지 자세히 이야기했다.

캐서린 존슨은 햄프턴 퍼레이드에 참석하여 이토록 커다란 성취에 일정한 역할을 했다는 사실에 자부심을 느꼈다. 그렇지만 퍼레이드 행렬에 오래 머물지는 않았다. 팀의 노고와 성공을 인정받고 싶긴 했지만 그녀에게 책상 앞으로 돌아가 다음 임무에 착수하는 것보다 더 신나는 일은 없었기 때문이다.

모든 국민을 위한 나라

"미국은 모든 국민을 위한 나라이다." 미국 노동부는 1963년 4월에 발행한 책자에서 말했다. 책자 표지에는 어린 흑인 소년이 해진 셔츠와 청바지를 입고 맨발로 먼지투성이 철로 위에 앉아 있는 모습이 있었다. 책자 본문에서는 존 F. 케네디 대통령과 린던 B. 존슨 부통령이 100년 전 노예 제도가 폐지된 이후로 흑인들이 만들어 온 사회적, 경제적 진보에 대해 말했다. 책자 안에 있던 인상 깊은 사진 중 하나는 캐서린이 책상 앞에 앉아 열심히 계산을 하고 있는 모습이었다.

이 책자가 출간된 해에 시민운동 지도자 중 한 명이었던 필립 랜돌프는 '직업과 자유를 위한 워싱턴 행진'을 하기로 계획했다. 그리고 정치 지도자들, 종교 지도자들, 다양한 배경 출신의 유명 가수들에게 행진에 참여해 달라고 요청했다.

1963년 8월 28일, 약 30만 명의 사람들이 미국의 수도 한복판을 행진한 후 링컨 기념관 앞에 모여서 많은 연사들의 잇따른 연설을 들었다. 이 행사의 결정적 순간은 34세인 마틴 루터 킹 목사가 군중 앞에서 연설을 한 순간이었다. 마틴 루터 킹 목사가 연설을 시작한 지 얼마 지나지 않았을 때 공연을 위해 초청받은 가수들 중 한 명이 그의 꿈을 청중에게 들려달라고 요청했다. "마틴 당신의 꿈을 말해 줘요!"

마틴 루터 킹 목사는 준비했던 연설을 제쳐 두고 조국과 전 세계 앞에서 역사상 오래 기억될 17분간의 명연설을 하기 시작했다. "나에게는 꿈이 있습니다."로 시작하는 마틴 루터 킹 목사의 이 연설은 흑인들의 꿈과 아메리칸 드림이 서로 하나

1963년 8월 28일에 열린 워싱턴 행진이 끝나고
마틴 루터 킹 목사가 링컨 기념관의 계단에 서서 청중에게 연설을 하고 있다.
미 해병대 제공

라는 사실을 미국의 모든 국민들에게 일깨웠다.

랭글리 연구 센터에서의 꿈

도로시 본은 많은 면에서 살아 있는 아메리칸 드림이었다. 랭글리 연구 센터의 센터장은 도로시에게 20년 동안 연방 정부에 봉사한 것에 감사하는 편지를 보냈다. 또한 센터장은 랭글리 연구 센터의 연례 시상식에서 도로시에게 금과 루비로 된 옷깃 핀을 수여했다. 도로시와 NASA에 근무하는 흑인 여성들은 전문적인 경력과 동료들의 존경을 다 지켜 냈다. 이들은 마틴 루터 킹 목사와 케네디 대통령과 린던 B. 존슨 부통령이 정의로운 미국을 꿈꾸며 가졌던 비전을 직접 실현했다.

그렇지만 아직 더 많은 변화가 필요했다. 랭글리 연구 센터도 마찬가지였다. 1960년대 초에 랭글리 연구 센터에서 일하는 모든 흑인 직원들 중, 도로시를 포함해서 오직 5명만이 공학자로 분류되고 16명만이 수학자라는 타이틀을 달았다. 랭글리 연구 센터의 센터장은 워싱턴에 있는 NASA의 본부로 편지를 보내서 랭글리 연구 센터의 과학직과 공학직 공개 채용에 지원하는 흑인이 '거의 없다'고 탄식했다.

"그들이 지원하지 않는 이유 중 하나는 이 지역의 환경이 그들에게 좋지 않다고 생각하기 때문입니다. 랭글리 연구 센터는 피부색에 대한 차별이 아직 남아 있는 지역에 위치해 있습니다. 랭글리 연구 센터는 인종 통합 정책을 펼치고 있지만 말입니다." 센터장은 편지에 이렇게 썼다.

랭글리 연구 센터는 인재를 선발하려는 노력에 박차를 가했다. 1960년대 중반이 되자, NASA에서 일하겠다는 꿈을 안은 수많은 흑인 대학생들이 몰려들기 시작했다.

차세대

캐서린은 직장에 있지 않을 때면 자유 시간 중 상당 부분을 공동체 봉사 활동과 교회 활동을 하며 보냈다. 캐서린은 1967년의 어느 일요일에 예배가 끝난 후, 사람들 사이에서 새로운 얼굴을 발견했다. 캐서린은 그녀에게 다가가서 자신을 소개했다. 젊은 여성은 남편과 두 딸과 함께 있었다.

"캐서린 존슨이라고 합니다." 캐서린이 말했다.

"네, 알고 있어요. 조이렛의 어머니시죠?" 크리스틴 만 다든이 말했다.

크리스틴은 캐서린의 딸인 조이렛과 햄프턴 대학에 함께 다녔다. 캐서린과 크리스틴은 이전에 여대생 클럽의 행사장에서 한 번 만난 적이 있었지만 몇 년 동안 서로 보지 못했다.

크리스틴은 햄프턴 대학을 졸업한 후 수학 교사로 일하기 시작했고 곧이어 결혼을 했다. 이해 봄에는 흑인 대학인 버지니아 주립 대학에서 박사 학위 과정을 마쳤다. 마지막 학기 중에 취업 지원과를 찾은 크리스틴에게 취업 지원 업무를 담당하는 교직원이 말했다. "어제 왔으면 좋았을 텐데요." 그가 말했다. "NASA 면접이 있었거든요. 그래도 이걸 작성해서 내일 다시 와 봐요."

그 교직원은 크리스틴이 신청했던 연방 정부 기관 지원서를 건넸다. 크리스틴은 NASA에 지원했고 NASA는 크리스틴에게 데이터 분석가 자리를 제안했다. 크리스틴은 햄프턴로즈에 살면서 직장과 지역 공동체 두 곳 모두에서 캐서린 존슨과 서쪽 지구 전 컴퓨터들을 자주 봤다. 크리스틴은 캐서린의 딸들과 같은 학교에 다녔고 이미 캐서린에게 유대감을 느끼고 있었다. 크리스틴은 NASA에서 일하는 차세대 여성에 속했다. 이들은 캐서린 존슨과 도로시 본, 메리 잭슨과 같은 개척자들에게 자극을 받고 길을 찾고 있었다.

캐서린은 크리스틴에게 교회 성가대에 들어오라고 권했다. 두 여성은 직장 밖에서 더욱 친해졌지만 직장에서 함께 일할

1974년에 크리스틴 다든이 랭글리 연구 센터에 있는 풍동 통제실에서 일하고 있다.

NASA 랭글리 연구 센터 제공

1970년대 초반에 크리스틴 다든이 랭글리 연구 센터의 풍동 안에서 포즈를 취하고 있다.

NASA 랭글리 연구 센터 제공

기회는 가지지 못했다. 캐서린은 매우 겸손한 사람이었기 때문에 크리스틴이 캐서린의 성취에 대해 충분히 알기까지는 몇 년이 걸렸다. 캐서린은 누군가가 자신을 칭찬하면 이렇게 말했다. "그냥 제 일을 하는 것뿐이에요."

캐서린에게 제 일을 하는 것은 임무가 성공했을 때 동료들과 기쁨을 나누는 것뿐만 아니라 임무가 실패했을 때 슬픔을 함께 나누는 것 또한 의미했다. 캐서린은 NASA에서 일하는 다른 사람들과 마찬가지로 1967년 1월에 '아폴로 1호'의 사령선의 전선에 불꽃이 일고 불이 급속히 퍼져 3명의 우주 비행사가 숨졌을 당시 엄청난 충격을 받았다.

'아폴로 1호'의 비극적인 최후는 NASA를 뿌리째 흔들었다. 3명의 우주 비행사들은 케이프 커내버럴의 발사대에서 우주선의 사령선 좌석에 앉은 채 훈련을 하고 있었다. 그때 전선에 불꽃이 일어나 화재가 발생했고 우주선 안에 탑승해 있던 세 남성의 목숨을 앗아갔다. 공학자들은 아폴로 1호를 재설계하며 화재가 발생한 원인을 신중히 알아내고 바로잡았다. 그들은 과거의 실수로부터 교훈을 배우고 미래의 임무를 계속 이어 나가는 방법으로 세상을 떠난 우주 비행사들의 넋을 기렸다.

모든 경험은 미래의 우주 비행에 적용될 수 있는 중요한 정보들을 제공했다. 1960년대에 '아폴로 프로그램'은 경험을 쌓아 가며 우주 프로그램의 위대한 업적을 향해 착실하게 한 걸음 한 걸음 나아갔다. 그들의 다음 목표는 인간을 우주선에 태워 달로 보내는 것이었다.

달 탐사 유인 우주 비행

총 38만 4,600킬로미터의 거리를 날아야 하는 달 탐사는 6일이 걸릴 예정이었다. 달에 가는 데 3일, 지구로 돌아오는 데 3일이었다. 이 야심 찬 계획에는 2명의 우주 비행사가 달 착륙선을 타고 21시간 동안 달의 표면을 탐사하는 일도 포함돼 있었다. 달 착륙선은 모듈이 상공에서 선회하고 있는 동안 달을 횡단하기 위해 특별히 고안된 별도의 운송 수단이었다.

단순한 계획처럼 보일지 모르지만 캐서린은 '아폴로 11호' 달 탐사 우주 비행의 어떤 부분이 조금이라도 잘못되면, 우주 비행사들이 우주에서 미아가 되어 다시는 지구 땅을 밟지 못하리라는 사실을 잘 알았다. 몇 년 후, 캐서린은 궤도를 선회하는 '아폴로 사령선·기계선과 달 착륙선 사이를 조정하는 일'과 관련된 수학 계산이 자신의 NASA 경력 중 하이라이트였다고 말했다.

스페이스 태스크 그룹의 지휘자는 달 탐사 우주 비행에 대해 '999' 위험 기준을 세웠다. 다시 말해, 이 우주 프로그램의 모든 부품, 모든 계획, 모든 사람이 1,000번의 테스트 중 999번을 성공해야 한다는 기준이었다. 우주 비행사들은 자신들의 임무에 목숨을 바칠 준비가 돼 있었지만 계산의 오차 때문에 죽고 싶지는 않았다.

캐서린 존슨은 우주 비행사들의 안전을 위해 매일매일 오랜 시간 일했다. 아침 일찍 사무실에 도착했고 늦은 오후에 딸아이들을 살피기 위해 집에 갔다가 저녁이면 사무실로 다시 돌아와 하루에 14시간~16시간의 스케줄을 소화했다.

캐서린과 공학자들은 서로에게 '만약'이라는 질문들을 계속 던졌다. 만약 전자 컴퓨터 전원이 꺼진다면? 만약 우주선 계기판에 고장이 생긴다면? 만약 어떤 것이 잘못된다면? 이들은 한발 앞서서 생각해야 했다. 문제가 발생하기 전에 생각해 낼 수 있는 모든 문제를 예측하고 해결해야 했다.

하나의
작은
발걸음

인간이 달에 갔다. 사람들은 인류가 수천 년 동안 꿈꿔 왔던 것이 마침내 현실로 이루어졌다는 사실을 믿을 수 없었다. 또한 많은 미국인들은 달 탐사 우주 비행에 들어간 비용을 듣고서 또 한 번 깜짝 놀랐다. '아폴로 계획'은 모두 합쳐 240억 달러의 어마어마한 비용이 들었다. 현재 가치로 치자면 약 1,560억 달러이다.

모든 사람이 우주 탐사가 이러한 천문학적인 비용을 투자할 만큼 가치 있다고 생각하는 것은 아니었다. '아폴로 11호'가 발사되기 며칠 전, 200명의 사람들이 케이프 커내버럴 기지 밖에서 행진을 벌였다. 인종을 막론한 모든 가난한 사람들이 직면하고 있는 문제들에 관심을 바라는 '빈민 운동'의 일환이었다.

1960년대 초반, 우주 계획과 시민권 운동은 낙관론적인 생각을 공유했다. 과학적 이상주의자들은 과학 기술 전문 지식이 더 나은 미래를 만들 것이라고 믿었다. 그리고 시민권 운동가들은 인종이나 피부색이나 출신 배경에 상관없이 모든 사람이 민주주의의 축복을 누릴 수 있도록 열심히 싸웠다. 민주주의의 축복은 미국의 헌법이 모든 시민에게 약속한 것이었다.

1960년대 후반이 되자, 일부 시민권 운동 지도자들은 소수의 사람을 달에 보내기 위해 쓰는 수십억 달러로 수백만의 가난한 사람들을 도울 수 있다고 주장했다. 운동가들은 지구의 많은 사회적 약자들이 가까스로 생계를 유지하고 있는 마당에 우주 계획이 정말 그렇게 가치가 있는지 고민해 보라고 NASA에게 요구했다.

또한 많은 사람들은 왜 흑인 우주 비행사는 한 명도 없는지, 그리고 왜 NASA에는 매우 소수의 흑인 공학자나 흑인 과학자만 있는지 물었다. 흑인들은 우주는 모든 인종에게 동등하게 펼쳐져 있다고 생각했고 우주 계획도 그래야 한다고 생각했다.

캐서린 존슨, 도로시 본, 메리 잭슨, 크리스틴 만과 같은 흑인 여성들이 버지니아 주의 햄프턴에서 자신들의 재능을 발휘하여 나라를 위해 열심히 일하고 있다는 사실을 아는 사람은 그리 많지 않았다.

착륙

1969년 7월 20일, 전 세계 사람들이 텔레비전 앞에 앉아서 밤하늘 멀리에서만 보던 천체를 자세히 보기 위해 기다렸다. 우주 비행사들이 달로 향하는 38만 4,600킬로미터의 여행을 하고 있는 동안, 캐서린 존슨은 훨씬 더 짧은 여행을 막 끝낸 참이었다.

캐서린 존슨과 약 100명의 여대생 클럽 회원들은 주말 묵상회를 위해 펜실베이니아 산악 지대에 있는 조용한 호텔로 여행을 떠났다. 그렇지만 심지어 그곳에서도 모든 사람들이 역사적 뉴스를 놓치지 않기 위해 안달이었다. 여성들은 호텔의 작은 흑백텔레비전 앞에 모여서 뉴스 앵커의 말에 귀를 기울였다. 그리고 우주 비행사들이 목적지로 점점 더 가까이 활공하는 모습을 지켜봤다.

달 탐사 계획은 우주선이 안전하게 여행하도록 하기 위해 약 40만 명 이상의 사람들이 한 팀으로 협력했다. 1960년대 초에 케네디 대통령이 달에 인간을 착륙시킬 것이라고 발표한 이후로, 캐서린 존슨은 분석 업무에 관련해서 열심히 일했고 캐서린과 같은 많은 이들의 노력이 결국 이날을 가능하게 만들었다.

캐서린은 수년 동안 NASA와 우주 계획을 위해 헌신을 아끼지 않았다. 그렇지만 이 과정 속에서 가장 힘든 부분은 우주 비행사들이 지구를 출발해서 달을 향해 우주의 차가운 진공을 날아가는 모습을 가만히 앉아서 지켜보는 일일지도 몰랐다. 캐서린은 우주 비행사들이 달에 착륙했다가 지구로 무사히 귀환할 때까지 한시도 긴장을 늦출 수 없었다.

지금까지 NASA는 26번의 유인 비행을 성공시켰지만 이번은 달랐다. 모두가 그 사실을 알고 있었다.

캐서린 존슨은 텔레비전을 응시했다. 달 착륙선인 '이글'의 모습이 보였다. 우주 비행사 닐 암스트롱과 에드윈 '버즈' 앨드린을 태운, 꽃게처럼 생긴 기묘한 기계가 아폴로 사령선에서 달 표면으로 하강했다. 1969년 7월 20일, 동부 하절기 시간으로 밤 10시 38분에 인간은 역사상 최초로 지구 이외의 천체에 발을 내디뎠다.

우주 비행사 닐 암스트롱이 사다리를 타고 내려와 달 위로 첫걸음을 뗐다.

"인간에게는 하나의 작은 발걸음일지 모르지만, 인류에게는 하나의 위대한 도약입니다." 닐 암스트롱이 말했다.

달에 실제로 착륙하는 일은 예행연습이 불가능한 부분이었다. 그리고 가장 위험한 부분이기도 했다. '아폴로 11호'에 탑승한 우주 비행사들은 이 계획의 성공 가능성이 높지도 낮지도 않다고 생각했다. 닐 암스트롱은 첫 번째 시도에서 달에 착륙할 수 있는 확률이 반반이라고 생각했다.

그렇지만 캐서린 존슨은 자신 있었다. 캐서린은 자신이 계산한 숫자들이 정확하다는 사실을 잘 알고 있었다. 그녀는 항상 최고의 결과를 기대했다.

"우리는 진보가 이루어질 것이라는 기대를 항상 놓지 말아야 합니다." 그녀는 말했다.

타이밍이 전부였다. 우주 비행사들은 달 위를 걸은 다음 재빨리 달 착륙선 안으로 돌아가 상공에 있는 모선과 다시 연결해야 했다. 그런 다음 3일 동안 지구로 다시 날아온 후 대기권의 열기를 통과하고 아래에 있는 바다에 착수해야 했다. 캐서린은 해군 군함이 그들을 바다에서 무사히 건져 올릴 때까지 숨죽여 기다릴 수밖에 없었다.

미션은 대성공이었다. 처음부터 끝까지, 발사부터 착수까지 성공적이었다. 우주 비행사들은 지구로 안전하게 귀환했다. 캐서린은 약간의 안도감을 즐겼다. 하지만 잠시 동안뿐이었다. NASA의 아폴로 계획이 6개나 더 남아 있었고 또 다른 새로운 발견에 전율을 느낄 준비를 해야 했기 때문이었다.

NASA가 우주 비행사들을 달에 성공적으로 착륙시킨 후, 캐서린과 동료들은 화성 탐사 우주 비행에 대해 이야기하기 시작했다. 어떤 이들은 지구로부터 훨씬 더 멀리 떨어진 곳에 가는 것을 꿈꿨다. 우주선이 화성에서 목성으로, 목성에서 토성으로 쌩쌩 날아다니는 것을 꿈꿨다. 마치 물수제비를 뜰 때 돌멩이가 잔잔한 호수 위를 퐁퐁 튀어 가듯 말이다.

만만하지 않을 것이다. 그렇지만 캐서린은 랭글리 연구 센터의 똑똑하고 열정적인 사람들이라면 충분히 꿈을 이룰 수 있을 것이라고 생각했다. 인간을 화성에 보내는 일이 인간을 지구 궤도로 보내는 일이나 달에 착륙시키는 일보다 어려울 게 뭐가 있단 말인가?

하나가 쌓여 그다음을 만든다. 캐서린 존슨은 알았다.

'일단 첫걸음을 내디뎠다면 그다음엔 무엇이든 가능하다.'는 사실을.

중요한 역사적 사건들

1861년~1865년	미국 남북 전쟁
1863년 1월 1일	노예 해방령
1890년~1965년	흑인 차별법
1903년	라이트 형제가 최초의 동력 비행을 함
1915년	미국 연방 정부가 국가 항공 자문 위원회(NACA)를 설립
1929년 10월 29일	악몽의 화요일, 대공황의 시작
1929년~1939년	대공황
1935년	랭글리 항공 연구소가 최초로 여성 계산부를 개설
1939년~1945년	제2차 세계대전
1940년~1952년	흑인 전투 비행단인 '터스키기 항공대'의 많은 조종사들이 제2차 세계대전에 참전
1941년 6월 25일	공정 고용 실행 위원회가 설립
1943년 5월	랭글리 항공 연구소가 흑인 여성들을 위한 계산부를 개설

1944년 6월 6일	공격 개시일(D-Day), 제2차 세계대전에서 연합군이 프랑스의 노르망디를 침공. 역사상 가장 대규모의 해상 침공 작전
1945년 8월 14일~15일	대일 전승 기념일(V-J Day: Victory over Japan Day)
1945년 9월 2일	일본이 항복 문서에 서명함. 제2차 세계대전의 공식적인 종결
1946년 6월 3일	미국의 연방 대법원이 '모건 대 버지니아 주' 소송의 판결을 내림. 주와 주 사이를 오가는 버스에서 인종 분리 정책을 시행하는 것은 불법이라는 판결
1947년~1991년	미국과 소련 간의 냉전
1951년 4월 5일	뉴욕 연방 법원이 소련을 위해 스파이 활동을 한 혐의로 기소된 에셀 로젠버그와 줄리어스 로젠버그 부부에게 사형 선고를 내림
1954년~1968년	미국 시민권 운동

1954년 5월 17일	미국의 연방 대법원이 '브라운 대 교육 위원회' 소송의 판결을 내림. 흑인 학생들과 백인 학생들이 분리된 채 다른 학교에 다녀야 하는 것은 헌법에 위배된다고 선언
1955년 12월 1일	흑인 여성 로자 파크스가 시내버스에서 백인 남성 승객에게 자리를 양보하라는 버스 운전사의 지시를 거부
1957년 10월 4일	소련이 인공위성 '스푸트니크'를 쏘아 올림. 우주 시대의 개막
1958년	미국 항공 우주국(NASA)의 탄생
1958년	머큐리 프로젝트의 시작. 머큐리 프로젝트는 공식적으로 1958년 10월 7일에 승인되어 1963년까지 지속
1959년 9월 9일	머큐리 프로젝트의 비행이 최초로 성공

1960년	그린즈버러 농성. 노스캐롤라이나 주의 그린즈버러에서 벌어진 비폭력 평화 시위
1961년 1월 31일	최초의 우주 비행 침팬지인 햄을 우주로 보냄
1961년 4월 12일	소련의 우주 비행사인 유리 가가린이 우주에 나간 최초의 인간이자 지구 궤도를 선회한 최초의 인간이 됨
1962년 2월 20일	존 글렌이 '프렌드십 7호'의 우주 비행에 성공하고 지구 궤도 비행을 한 최초의 미국인이 됨
1963년 8월 28일	마틴 루터 킹 목사가 "나에게는 꿈이 있습니다."로 시작하는 유명한 연설을 함
1969년 7월 20일	'아폴로 11호'의 우주 비행사인 닐 암스트롱과 에드윈 '버즈' 앨드린이 인류 역사상 최초로 달에 착륙함

용어 설명

미국 국가 항공 자문 위원회(National Advisory Committee for Aeronautics, NACA) 1915년에 설립되어 항공에 대한 연구를 실행하고 증진한 미국의 정부 기관. 1958년에 문을 닫고 NASA가 새로 생겼다.

미국 항공 우주국(National Aeronautics and Space Administration, NASA) 민간 우주 프로그램을 책임지는 독립된 정부 기관. 1958년에 설립됐다.

항공학 비행에 관련된 지식을 연구하는 과학이다.

대기 지구 혹은 다른 행성들을 둘러싸고 있는 기체를 말한다.

중력 지구 위의 물체가 지구의 중심으로 끌어당겨지는 힘이다.

극초음속 마하 5, 혹은 음속의 5배를 넘어서는 속도이다.

마하 1 기온이 화씨 59도인 상태에서 해수면을 기준으로 한 음속이다. 시속 약 1,225킬로미터. 마하 1은 기온에 따라 조금씩 달라진다. 기온이 낮으면 기체 분자가 더 느리게 움직이기 때문이다.

궤도 어떤 물체나 우주선이 행성이나 달의 둘레를 돌 때, 그 물체나 우주선의 곡선 경로를 말한다.

머큐리 프로젝트 미국에서 실행한 최초의 유인 우주 비행 프로그램이다. 인간의 지구 궤도 비행을 목표로 하여 1958년부터 1963년까지 실행됐다.

로켓 내장된 연료와 산화제를 연소시키는 방법으로 매우 높이 혹은 매우 멀리 추진되는, 튜브 모양의 비행체이다.

인공위성 지구나 달, 혹은 다른 행성 둘레의 궤도를 공전하면서 정보를 수집하거나 통신을 보조하는 인공 물체이다.

충격파음 음속보다 빨리 움직이는 물체에 의해 생기는 충격파(shock wave)와 관련된 소리를 말한다. 가령 채찍을 휘두를 때나 총알이 발사될 때 들리는 소리가 충격파음의 한 예이다.

우주 개발 경쟁 우주 탐사와 관련하여 미국과 소련 사이에 벌어진 경쟁이다.

음속 일정한 시간에 음파(sound wave)가 이동하는 거리. 소리는 기체 속에서 가장 느리게 이동하고, 액체 속에서는 이보다 더 빠르게 이동하고, 고체 속에서 가장 빠르게 이동한다.

스푸트니크 소련이 발사시킨 인공위성들을 말한다. 1957년 10월 4일에 발사된 '스푸트니크 1호'는 지구 둘레의 궤도를 도는, 인류 최초의 인공위성이었다.

초음속 음속보다 더 빠른 속도를 뜻한다.

이론 공학자 현실에서의 시뮬레이션 없이 수학만을 이용해서 문제를 해결하는 공학자이다.

탄도 총포로부터 발사된 탄환·로켓 등의 비상체가 날아가면서 그리는 궤도를 말한다.

난기류 대기나 물의 불안정하거나 불규칙적인 움직임을 난기류라고 한다.

변수 변할 가능성이 있는 요인이나 값. 수학 방정식에서 변수는 아직 모르는 수를 나타내는 기호이다.

풍동(Wind tunnel) 공기가 어떤 물체 위에서 움직일 때 미치는 영향을 연구하기 위해 항공학에서 사용하는 장치이다. 풍동 안에서 하는 테스트는 어떤 물체가 비행 중에 어떻게 움직이는지 시뮬레이션한 후 항공기 설계를 개선하는 것이 목적이다.

둘레책방 2

여성이었고, 흑인이었고, 영웅이었다
히든 피겨스

초판 1쇄 2017년 3월 22일 | 초판 8쇄 2024년 10월 2일

글쓴이 마고 리 셰털리 | 옮긴이 안진희
펴낸이 양정수 | 편집 최현경, 윤수지 | 디자인 추진우 | 마케팅 양준혁, 변수현
편집 진행 박보람 | 디자인 진행 구민재page9 |
펴낸곳 노란상상 | 등록 2010년 1월 8일 (제2010-000027호)
주소 서울시 영등포구 양평로 157, 1703호
전화 02-797-5713(영업부), 02-2654-5713(편집부)
팩스 02-797-5714 | 전자우편 yyjune3@noransangsang.com

ISBN 978-89-97367-81-8 43840

※이 책의 국립중앙도서관 출판사도서목록(cip)은
e-CIP 홈페이지(http://www.ni.go.kr/ecip)에서 이용하실 수 있습니다.
(CIP제어번호 : CIP2017006039)

공급자 적합성 확인
제품명 : 둘레책방 | 제조자명 : 노란상상
제조국명 : 대한민국 | 전화번호 : 02-797-5713
주소 : 서울시 영등포구 양평로 157, 1703호
제조년월 : 2024년 10월 2일 | 사용 연령 : 12세 이상

※ KC 마크는 이 제품이 공통 안전 기준에 적합하였음을 의미합니다.
※ 책의 모서리가 날카로워 다칠 수 있으니 던지거나 떨어뜨려 다치지 않도록 주의하세요.